MODERN FANTASTIC STORY

전설의

박선우 현대 판타지소설

투자가

전설의 투자가 7

박선우 현대 판타지 소설

초판 1쇄 찍은 날 § 2021년 1월 7일
초판 1쇄 펴낸 날 § 2021년 1월 14일

지은이 § 박선우
펴낸이 § 서경석

총괄팀장 § 노종아
편집책임 § 신나라
디자인 § 공간42

펴낸곳 § 도서출판 청어람
등록번호 § 제387-1999-000006호
등록일자 § 1999. 5. 31
어람번호 § 제1-3109호

주소 § 경기도 부천시 부일로 483번길 40 서경B/D 3F (우) 14640
전화 § 032-656-4452 팩스 § 032-656-4453
http://www.chungeoram.com
E-mail § chungeorambook@daum.net

ⓒ 박선우, 2020

ISBN 979-11-04-92298-5 04810
ISBN 979-11-04-92230-5 (세트)

MODERN FANTASTIC STORY

전설의 투자가 ⑦

박선우 현대 판타지소설

전설의 투자가

목차

제41장
그들의 전쟁

이병웅은 황수인과 함께 그녀가 출연한 영화 '비의 전설'을 관람하고 잘 가는 이탈리아 레스토랑으로 향했다.

사귄 지 벌써 1년 반이란 시간이 지났기에 그들은 여느 연인들처럼 다정하게 팔짱을 낀 채 식당으로 들어갔다.

누군가 보는 걸 개의치 않았다.

사랑하는 사람들이 팔짱을 끼고 걷는다는 건 지극히 당연한 일이었으니 남들이 사진을 찍을 때 다정한 포즈를 취해줬다.

주문했던 스테이크가 나오자 이병웅은 그녀의 접시를 앞으로 가져와 나이프로 잘게 썰어 다시 내밀었다.

"고마워요."

"하하… 난 자상한 남자니까."

"그건 인정."

이병웅의 자화자찬에 황수인이 활짝 웃었다.

그의 말대로 정말 자상하다.

언제나 데이트가 있는 날이면 집으로 찾아왔고 내내 유쾌한 농담과 그녀에 대한 배려를 해줬기 때문에 그와 함께 있는 날은 언제나 행복했다.

"영화 정말 재밌었어요. 내가 봤을 때 천만 명은 훌쩍 넘겠던데요."

"어머, 정말요?"

"그럼요. 수인 씨 연기 정말 죽음이었어요. 어쩜 그렇게 연기를 잘해요?"

"호호… 고마워요."

"괜히 은막의 여왕이 아니야. 마지막 그 장면, 악인하고 마주선 채 결연한 표정을 짓는 장면에서 난 막 소름이 돋았다니까."

"너무 그러지 마요. 부끄럽단 말이에요."

"사실인 걸, 뭐."

이병웅이 스테이크를 입에 넣으며 살짝 붉어진 그녀의 얼굴을 사랑스럽게 바라봤다.

꽤 많은 시간 동안 고민했던 그녀와의 만남은 시간이 지날수록 점점 확신으로 변해갔다.

은막의 여왕, 황수인.

영화배우답지 않은 소탈함, 깨끗한 자기 관리, 다른 사람을 배려할 줄 아는 마음.

그 모든 것이 그녀를 빛나게 만들고 있었다.

레스토랑에는 20여 명의 남녀가 앉아 있었는데 오늘따라 아무도 이쪽을 바라보지 않았다.

물론 연예인들이 자주 이용하는 곳이었고 기둥에 가려진 창가 자리였기 때문이기도 했지만 꼭 한두 사람씩 다가와 사인을 요청하던 일도 오늘따라 없었다.

"커피 시켜봐요. 나, 화장실 좀 다녀올게요."

"응, 알았어요."

수인은 이병웅이 자리에서 일어나 문 쪽을 향해 걸어가는 걸 보며 일하는 사람을 불러 커피를 주문했다.

그때, 조용했던 실내에서 식사를 하던 남녀가 다툼을 벌이기 시작했다.

연인으로 보이는 그들의 다툼은 점점 심각해졌는데, 다른 사람들이 모두 들을 수 있을 정도로 커져갔다.

애써 외면하려 했지만 자꾸 그들의 목소리가 귓가를 파고들었다.

그들의 싸움 이유가 청혼을 하지 않는 남자의 무심함 때문이었기 때문이었다.

휴우.

여자의 말이 충분히 이해가 갔다.

그녀는 사귄 지 3년이 지났고 결혼 적령기가 지났음에도 남자가 청혼을 하지 않아 엄청나게 힘든 시간을 보냈다고 한다.

사귄 기간은 다르지만 그녀의 심정에 동조가 갔다.

1년 반이란 시간이 지났음에도 이병웅은 결혼에 대해 어떤 말도 하지 않았다.

텔레비전에 출연해서 가장 멋진 프러포즈를 하겠다고 약속한 순간부터 그날을 간절히 기다려 왔다.

대놓고 말하지 않았지만 그녀는 이병웅과 함께 평생을 살아가는 그 순간을 손꼽아 기다리며 애간장을 태우고 있었다.

싸움은 이제 홀에 있던 모든 사람들이 들을 수 있도록 커져 황수인도 자연스럽게 그들을 바라보고 말았다.

두 남녀가 기다렸다는 듯 그녀를 향해 다가온 것은 눈이 마주치면서 급히 커피 잔을 손에 들었을 때였다.

뭐지?

두 남녀가 다가와 예쁜 장미꽃을 그녀에게 내밀었다.

그런 후, 그녀에게 손을 내밀어 레스토랑의 한복판으로 데려갔다.

모든 사람들이 일어나 노래를 하면서 장미꽃을 가져온 건 어리둥절한 표정으로 그녀가 레스토랑 한복판에 우뚝 서 있을 때였다.

"안녕, 수인 씨. 나예요."

갑작스럽게 모든 조명이 꺼지면서 벽 한쪽에 걸려 있는 스크린을 통해 이병웅의 모습이 나타났다.

너무 놀라 입을 막았다.

심장은 콩닥콩닥 뛰었고 정신은 하얗게 빈 것 같았다.

"벌써 수인 씨와 사귄 지 1년 반이란 시간이 지났네요. 그동안 수인 씨와 같이했던 시간들은 그 어떤 순간보다 나에겐 행복하고 즐거운 시간이었답니다."

이병웅의 멘트가 흐르며 두 사람이 찍었던 사진들이 파노라마가 되어 하나씩 화면을 장식했다.

영화관에서, 그리고 수영장에서, 친구들과 식사를 하던 장면, 그의 부모님을 만났던 날들이 한 편의 동화처럼 스크린에서 유영했다.

"오늘은 당신께 뜻깊고 아름다운 날이 되도록 노력했는데 잘했는지 모르겠네요. 황수인 씨, 나는 당신을 사랑합니다. 그래서 오늘… 나는 당신께 청혼을 하고자 합니다."

이병웅의 멘트가 끝나자 모든 사람들이 환호성을 지르며 축하의 박수를 보냈다.

그런 후 입구 쪽 조명이 켜지며 이병웅이 기타를 든 채 걸어오는 게 보였다.

도대체 언제 이런 준비를 다 해놓은 걸까?

3m 정도 떨어진 곳에 의자가 준비되어 있었는데 이병웅은 거기에 앉아 그녀를 향해 '청혼'이란 노래를 불렀다.

얼마나 부러워했던가.

이 노래를 들었던 수많은 여자들을 보면서 나도 언젠가는 그렇게 될 수 있을 거란 꿈을 꾸었었다.

세계 최고의 가수가 부르는 '청혼'에 모여 있던 사람들이 전부 넋을 놓고 구경했다.

그들은 이벤트를 위해 자원한 'BWL' 회원들이었다.

이병웅이 노래하는 동안 2대의 카메라가 촬영하는 것이 보였다.

아, 생각해 보니 두 남녀가 싸우던 때부터 입구 쪽에 있었던 게 기억났다.

그때는 '저건 뭐지?' 하는 의문만 들었을 뿐 별생각이 없었는데, 이제 와 생각해 보니 이병웅이 오늘 이벤트를 동영상으로 남기려 준비한 것 같았다.

문제는 카메라에 적혀 있는 로고가 JBC 방송국이라는 것이었다.

이윽고.

노래를 마친 이병웅이 천천히 자리에서 일어나 다가오더니 그녀의 앞에서 무릎을 꿇고 반지를 꺼냈다.

"황수인 씨, 나와 결혼해 주시겠습니까?"

심장이 폭발할 것 같았다.

그렇게 꿈꾸던 시간이 막상 눈앞으로 다가오자 숨이 막혀 죽을 것만 같았다.

그럼에도 미소를 지은 채 기다리는 그에게 있는 힘을 다해 입을 열었다.

"할게요, 난 당신과 결혼할 거예요."

*   *   *

이병웅의 황홀한 청혼은 JBC에서 촬영한 화면을 통해 전 세계로 퍼져 나갔다.

세계의 모든 여성들이 그 영상을 보며 황수인을 부러워했다.

12년이란 긴 시간 동안 수많은 여자들의 사랑을 받아온 이병웅의 청혼 소식은 화제에 화제를 불러일으키며 전 세계를 흔들어놨다.

2018년 6월.

세계의 이목을 집중시키며 이병웅이 결혼하던 날.

조촐하게 가족들만 모인 채 결혼식을 올렸음에도 명동성당 주변은 내외신 기자들과 구름처럼 몰려든 팬들로 인해 도로 전체가 마비될 정도였다.

40살의 노총각과 38살의 노처녀.

평범한 사람이라면 누가 관심조차 갖겠는가.

하지만 세상 모든 사람들의 관심을 받는 스타 중의 스타였기에 그들의 결혼 소식은 지구 방방곡곡에 수많은 화제를 뿌리며 거행되었다.

"잘 살아라."

"애들 한 다스만 낳아서 축구단 만들어."

"병웅 씨, 허니문 베이비… 알지?"

하와이로 신혼여행을 떠날 때 지구 곳곳에서 몰려온 친구들과 정설아가 두 사람을 향해 축복의 말을 건넸다.

특히 정설아는 황수인을 향해 미안한 시선을 숨기지 못했는데, 수많은 생각들이 떠오른 것 같았다.

*   *   *

2018년 7월.

미국과 중국이 본격적으로 관세전쟁을 벌이기 시작할 것이란 소식을 제시카로부터 들은 이병웅이 긴급히 제우스의 수뇌부를 소집했다.

양국의 사이가 틀어지기 시작한 건 2017년 6월, 미국이 연간

500억 달러 규모의 중국 수입품에 25%의 고율 관세 폭탄을 선사하면부터였다.

중국이 그에 맞춰 똑같은 규모의 관세를 보복했을 때만 해도 이병웅은 통상적인 양국의 트러블 정도로만 여겼다.

하지만 2018년 3월, 연간 500억 달러 규모의 중국 수입품에 25%의 고율 관세를 때리자 중국이 다음 달 4월, 500억 달러 미국 수입품에 관세를 부과하며 상황이 돌변했다.

"갑자기 왜 부른 거야. 지난달 네 결혼식에도 갔었는데?"

미국에서 날아온 홍철욱이 갑작스러운 콜에 의문을 나타내자 문현수와 정설아도 비슷한 표정을 지었다.

이병웅이 신혼의 단꿈에 한참 빠져 있어야 되는데 난데없이 긴급회의를 소집했기 때문에 사람들의 표정은 굳어져 있었다.

뭔가 중요한 사안이 발생한 게 틀림없다.

이병웅은 제우스의 수뇌부 회의를 1년에 딱 한 번 소집했을 뿐 나머지는 전부 전화와 화상회의로 대신했기 때문이다.

"지금, 제우스의 자산을 전부 처리해야 할 사안이 발생했다."

"그게 무슨 소리야. 자산을 전부 처리하라니?"

"부동산과 채권은 제외. 처리하는 건 주식. 오케이?"

"이유를 말해줘야지?"

"어제 정보통으로부터 미국과 중국이 조만간 대규모 관세를 때릴 거란 소식이 들어왔어."

"그건 작년부터 해온 짓이잖아. 대충 마무리되는 거 아니었어?"

"아니, 이제부터 시작이야. 그리고 지금부터 때리는 관세는 작년에 때린 것과 근본적으로 급이 달라. 아무래도 미국은 중국을 때려잡기 위해 수입품 전체에 대한 관세를 부과할 것 같다."

"어이구, 미치겠네. 설마 그렇게까지 하겠어?"

"병웅아, 중국에서 미국으로 수출하는 금액이 6,500억 달러야. 그걸 다 때리면 중국은 버티지 못해. 알잖아, 지금 중국은 죽기 일보 직전이라는 거."

제우스 중국 지부를 맡고 있는 문현수가 얼굴이 허옇게 변한 채 말을 쏟아냈다.

그의 말대로 중국은 당장 쓰러져도 이상할 게 없는 상황이었다.

위기를 상징하는 경제용어에 '블랙스완'과 '회색코뿔소'란 단어가 있다.

블랙스완은 어느 날 갑자기 폭탄처럼 쾅 터져 경제를 박살 내는 걸 의미하는데, 지진이나 해일 같은 자연재해와 리먼 사태 같은 게 그런 거다.

반면에 회색코뿔소는 예견된 위기를 가리키는 단어다.

뻔히 다가오는 걸 알지만 막지 못하는 위기.

어떤 면에서 봤을 때 파괴력은 오히려 회색코뿔소가 훨씬 크다고 말할 수 있다.

중국이 바로 그 회색코뿔소에 직면해 있었다. 그것도 세 개나 되는 회색코뿔소가 중국을 향해 성큼성큼 걸어오는 중이었다.

'기업 부채', '부동산거품', '그림자금융'이 바로 그것이었다.

중국 정부가 세 마리 회색코뿔소를 잡기 위해 안간힘을 쓰고 있지만 워낙 뿌리가 깊은 상태라 손조차 대지 못하는 상황이었다.

"자, 급하니까 내 말 들어. 미국이 중국을 때리는 이유는 과거 일본과 독일을 작살낸 것과 같은 이유야. 미국 놈들은 넘버원의 지위를 위협하는 자들을 지금까지 한 번도 그냥 둔 적이 없어."

"중국이 미국을 위협한다고?"

"금년도 중국 GDP는 미국의 78% 수준이야. 과거 일본과 독일이 65%까지 따라왔을 때 박살을 냈지. 그자들은 세상을 자신들이 지배해야 된다고 생각해. 더군다나 중국의 4차 산업 분야는 엄청난 성장을 거듭하고 있어. 그렇기 때문에 전쟁을 시작한 거야."

"패권전쟁이란 뜻이군. 그렇다면 쉽게 끝나지 않겠어. 그런데, 4차 산업 쪽은 우리나라가 최강자잖아. 미국이 우리는 왜 안 건드리지?"

"땅덩이가 작아 우습게 보는 거지. 이지스그룹이 폭발적으로 성장했고 갤럭시가 본격적으로 가동되면서 우리나라 GDP가 늘어났지만 아직 미국의 50% 정도밖에 안 돼. 하지만 중국을 때리고 나면 우리한테도 시비를 걸 거야."

"환장하겠네."

"미국은 이번 기회에 반드시 중국을 쓰러뜨리려고 할 거다. 워낙 경제 체력이 약해져서 금방 죽일 수 있다고 판단했을 테니까."

"미국이 그런다고 중국이 죽을까? 덩치가 있는데."

"병웅 씨, 중국은 넘버 2야. 6,500억 달러의 관세를 때리면 세계경제가 휘청거려. 미국도 온전하지 못할 텐데 그렇게 할까?"

"내 생각도 그래요. 아무리 생각해도 미국이 오판을 한 것 같아요. 중국의 영향력을 과소평가했고 공산당 일당 독재체제라는 걸 간과한 게 분명해요."

"휴우… 그래서?"

"지금까지 500억 달러씩 주고받았을 때는 아무런 문제가 없었지만, 그 규모가 점점 늘어나면 현수 말대로 세계경제가 휘청거리게 될 겁니다. 그래서 주식을 전부 매도해야 된다는 거예요."

"하아, 미치겠네. 그 많은 주식을 언제 다 매도하냐. 큰일 났네."

홍철욱이 울상을 지었다.

현재 미국에 투입되어 있는 주식 자금만 해도 300조가 넘기 때문이었다.

이병웅의 예측이 맞다면 세계 증시는 폭락을 거듭할 테니 무조건 최단시간 내에 매도가 필요했다.

하지만 정설아는 금방 후속 조치에 대한 이야기를 꺼냈다.

매도는 매도고, 그 많은 자금을 은행에 둔다는 건 말이 안 된다.

"매도한 금액은 어쩌지?"

"미국과 중국, 그리고 우리나라의 국채를 사들이세요. 지금 연준이 금리인상과 양적긴축을 하고 있지만 세계경제가 흔들리면 반드시 그 두 가지를 중단하게 될 겁니다."

"병웅 씨는 금리인하를 생각하고 있구나?"

"빙고."

정설아가 즉시 눈치를 채고 의도를 물어오자 이병웅이 빙긋 웃었다.

역시 빠르다.

이런 여자가 제우스를 이끈다는 건 정말 그에겐 행운이나 다름없다.

경제위기에 빠지면 각국은 금리인하를 통해 경제가 침체에 빠지는 걸 방어할 수밖에 없다. 그럴 경우 국채 가격이 급격히 상승한다는 걸 이 자리에 모인 사람들은 빠삭하게 꿰고 있었다.

"자금이 워낙 커서 우리가 움직이면 채권 가격이 급격히 상승할 거야. 야금야금 매수해야 된다는 뜻인데, 시간이 얼마나 남았을까?"

"얼마 남지 않았어요. 벌써 증시에서는 스마트머니들이 발을 빼는 중이거든."

"서둘러야겠네."

"최대한 빠르게, 소리 소문 없이 철수하세요. 그리고 철웅이는 주식 매도 자금 중 100조를 이쪽으로 송금해. 비상시를 대비해서 외환보유고를 최대한 늘려놔야겠다."

"우리나라 외환보유고는 8천억 달러가 넘어. 그래도 불안해?"

"작년에 헤지펀드들이 중국의 외환시장을 공격한 적이 있어. 중국의 외환보유고가 4조 5천억 달러인데도 그런 짓을 했어. 그때 중국이 1조 달러를 날렸다. 우리나라도 미친 새끼들이 장난질을 칠 수 있으니까 아예 싹을 잘라놓을 필요가 있어."

"국가에서 상 줘야겠네. 이쯤에서 정체를 드러내는 게 어떻겠냐? 죽도록 국가를 위해 일하는데 아무도 알아주지 않잖아."

"이 자식아, 원래 애국자는 자기 이름을 말하지 않는 법이야."

*   *   *

중국 총리 공관.

류허 부총리는 심각한 얼굴로 상무부장 중산과 마주 앉아 있었다.

그는 경제전문가로 미국과의 무역 분쟁에서 막중한 임무를 떠맡았는데, 모든 전략과 전술은 그의 머리에서 나왔다.

중산의 보고를 받은 그의 얼굴은 당혹감이 가득했다. 미국 측이 이렇게까지 강경하게 나올 줄은 예상하지 못했기 때문이었다.

"2,500억에 25%를 때린다고?"

"그렇습니다."

"그놈들이 작정을 했구먼. 품목은?"

"생필품을 제외한 전체입니다."

"노랑이 자식들, 결국 미국 국민들에게 직접적으로 피해가 가는 품목만 빼고 전부 때리겠다는 거로군."

"시한이 두 달 후입니다. 우리를 압박하기 위해 일부러 시한을 늦게 잡은 것 같습니다. 결국 죽기 싫으면 무릎을 꿇으라는 것이죠."

"음......"

억장이 무너진다.

현재 중국 경제는 하강 국면이라 수출품 2,500억 달러에 대한 관세를 얻어맞는다면 극심한 충격이 예상되었다.

그는 입술을 깨물며 깡마른 눈으로 결연하게 상무부장을 바라봤다.

"주석님께 보고는 했겠지?"

"아직입니다. 저희가 통보받은 건 오늘 오전입니다. 일단 부총리님께 먼저 보고하고 주석 관저로 들어갈 예정이었습니다."

"우리한테 남은 건 얼마나 되나?"

"650억 달러 정도 남았습니다. 그자들에게 비하면 턱없이 부족한 금액이죠."

"하아, 어렵군."

"부총리님, 주석님께 보고할 초안을 마련해야 합니다. 최대한 빨리 우리도 대응을 해야 되지 않겠습니까?"

"자네 생각은?"

"절대 중국은 지지 않습니다. 아무리 압박해도 중국은 절대 무릎 꿇지 않는다는 걸 보여줘야 합니다."

"그게 이유가. 다른 건 없어?"

"2,500억 달러의 관세에 우리가 650억 달러를 보복하면 전 세계가 서서히 흔들리기 시작할 겁니다. 우리가 가장 힘들겠지만 미국도 편안하게 두 발 뻗고 잘 수 없을 겁니다."

"맞아, 그게 핵심이야. 놈들보다 우리가 더 강한 것은 주석님 이하 전 인민이 똘똘 뭉쳐서 난관을 극복할 수 있는 힘이 있다는 거야. 하지만 미국 놈들에겐 그런 게 없지. 더군다나 미국 대통령은 재선이 얼마 남지 않았어. 최대한 질질 끌면 결국 놈들이 먼저 손을 들게 될 거다."

"저 역시 그렇게 생각합니다."

"우리의 전략은 일단 먼저 보복관세를 때리고 뒤에서 협상 테이블을 마련하는 것으로 하지. 들어가세, 주석님께서 기다리시겠군."

$$* \qquad * \qquad *$$

미국과 중국이 때린 관세가 언론에 보도되기 직전 정보를 입수한 모건 체이스 투자 담당 임원 다니얼 세딘은 긴급회의를 열어 참모들을 불러들였다.

지금까지 양국이 때린 관세만 가지고도 긴장이 되는 판에 합쳐서 3,200억에 달하는 금액이, 그것도 25%란 고율 관세가 부과되자 다니얼의 얼굴은 새파랗게 질렸다.

"자네들 생각은 어때. 주식시장이 지금처럼 버틸 수 있다고 생각하나?"

"쉽지 않을 것 같습니다. 지금까지 때린 2천억만 가지고도 세계경제는 흔들거리는 상황이었습니다. 거기에 3,200억이 합쳐진다면 버티기 힘들 것 같습니다."

"저 역시 같은 생각입니다. 세계경제는 과거와 다르게 긴밀히 연동되어 있습니다. 따라서 주식시장도 흔들릴 가능성이 큽니다."

"결국 먼저 움직이지 않으면 당한다는 뜻이군."

"그렇습니다."

"하아……."

다니얼 세던이 무거운 한숨을 내리쉬었다.

어쩐지 분위기가 이상하다고 했다.

세계 최고의 사모펀드 '제우스'가 주식을 야금야금 처분하고 있다는 소식을 들은 게 벌써 두 달 전 일이었다.

놈들로 인해 몇몇 종목은 5% 가까이 하락을 했는데 추정 매매량으로 봤을 때 엄청난 자금이 빠져나간 것으로 예측되었다.

"휴우, 제우스 이 새끼들은 알고 있었던 모양이군."

"그럴 리가요. 이런 극비 사안을 어떻게 먼저 알고 빠져나갈 수 있겠습니까. 분명 다른 이유가 있었을 것입니다."

"여전히, 너는 제우스를 우습게 보는구나. 그자들이 미국 시장에 진출한 후 수익률이 얼마나 되는지 알면서 하는 소리야!"

부정하는 참모의 얼굴을 노려보며 다니엘 세던이 소리를 버럭 질렀다.

제우스의 주식 수익률은 미국 내에서도 단연 최고다.

대부분 스윙전략을 구사했는데, 패시브를 주로 하는 자신들보다 수익률이 최소 100% 이상 많은 것으로 추정되었다.

"시간이 없다. 모든 자원을 가동해서 최대한 빨리 보유한 주식을 팔아치워. 늦으면 죽는단 말이다."

"하나도 빠짐없이 팔 수는 없습니다. 우리가 보유한 주식을 일시에 처분하면 시장이 크게 흔들릴 겁니다."

"아직도 정신을 못 차린 거야, 아니면 말귀를 못 알아 처먹은 거냐. 시장은 어차피 흔들리게 돼. 누가 먼저 움직여서 파는 게 중요할 뿐이지. 이번 전쟁은 시간이 승패를 가름하게 될 거다. 그러니 총력을 기울이란 말이야!"

*   *   *

2018년 9월.

미국과 양국의 전쟁이 격화되자 세계시장이 흔들리기 시작했다.

미국 쪽에서는 중국이 굴복을 거부하고 맞관세로 대응하자 마지막 보루로 남겨놓았던 생필품 3,200억 달러에 대해서도 관세 부과를 예고했던 것이다.

마치 폭포수가 내리꽂히는 것처럼 주식시장이 온통 파란색 불로 뒤덮였다.

시체들이 산을 이뤘고 피비린내가 주식시장에서 진동했다.

불과 세 달 만에 벌어진 하락은 무려 30%를 기록했는데, 전 세계 금융시장이 동시에 휘청거렸다.

그러나 유독 한 국가.

대한민국만큼은 불과 10%의 하락률만 기록하며 버텼다.

금년 초에 동시상장 된 갤럭시그룹이 생생하게 버텼고, 세계시장을 제패하고 있는 이지스그룹마저 소폭의 하락세만 기록했기 때문이었다.

이지스그룹의 세 개 계열사와 갤럭시그룹의 세 개 계열사를 합치면 시총의 40%에 달한다.

거기에 반도체의 아성을 구축한 삼전까지 합한다면 대한민국 주식시장의 50%였다.

위기를 느낀 외국인들 중 일부가 던진 물량은 제우스가 나서서 전부 받아냈다.

만약 제우스가 나서서 막지 않았다면 하락률은 더 올라갔을 것이다.

그럼에도 다른 국가들과 달리 대한민국의 주식시장은 너무나 탄탄해서 제우스가 관여하지 않았다 해도 충분히 버틸 힘이 있었다.

주력 기업들의 이익률은 세계 최고 수준이었고 국민들은 대부분 장기투자를 하면서 주식 매도를 하지 않았기 때문에 외풍에 대한 저항력이 대단했다.

*　　　　*　　　　*

회의용 탁자에 앉은 므느신 재무부장관과 로버트 무역대표부 대표의 얼굴은 심각했다.

전 품목에 대한 관세를 때리면 결국 무릎 꿇을 줄 알았던 중국이 끝까지 버티며 미국의 주식시장마저 작살이 났기 때문이었다.

이런 결과를 예상하지 못했다.

1년 정도면 중국이 항복할 것이란 시나리오가 있었기에 과감하게 전쟁을 시작했지만 중국은 굶어 죽을지언정 절대 지지 않겠다며 모든 수단을 동원해 반격을 가해왔기에 결국 생필품 3,200억에 대한 관세는 때리지도 못했다.

"대통령님, 역정이 대단하십니다. 이제 선거가 1년밖에 남지 않았어요."

"참, 난감하군요. 공산당이 저렇게 지독할 줄 몰랐습니다."

"너무 컸어요. 중국을 때려잡는 적기를 놓치는 바람에 겪는 시련입니다."

"그렇죠, 그 일만 아니었어도 벌써 해체했을 텐데……."

므느신 장관이 아쉽다는 듯 긴 한숨을 뱉어냈다.

일본과 독일, 그리고 소련.

이 모든 나라들은 GDP가 미국의 65% 수준에 도달하기 전 박살을 내서 다시는 기어오르지 못하게 만들었다.

특히 일본은 1985년 플라자합의의 후폭풍으로 잃어버린 30년을 겪고 있었는데, 최근에는 머슴처럼 굽신거리며 미국의 비위를 맞추느라 정신이 없었다.

중국을 처단하지 못한 건 때마침 금융위기가 미국을 휩쓸었기 때문이었다.

다행히, 연준에서 천문학적인 돈을 풀어 위기를 극복했으나 그 당시에는 중국을 건드릴 수가 없었다.

중국은 미국 경제회복을 위한 생산기지였고 달러 수출에 절대적으로 필요했기 때문이었다.

"잠시 숨을 고르는 게 어떻겠습니까?"

"대통령이 싫어할 텐데요?"

"그래도 어쩔 수 없잖습니까. 이대로 그냥 내버려 두면 10년 전처럼 금융시장이 초토화될 수 있습니다. 재선보다 더 중요한 게 경제를 살리는 겁니다."

"그 양반, 휴전을 제의하면 방방 뜰 거예요. 워낙 지기 싫어하는 성격이라……."

"설득해야죠. 그렇다고 전쟁을 끝내자는 건 아닙니다. 우리는 그동안 단박에 제압할 수 있을 거란 오판을 하면서 이런 결과를 만들어냈어요. 지금부터는 야금야금 중국의 허리를 절단하는 전략으로 바꿀 필요가 있습니다."

"옳은 말씀입니다."

"보고서는 제가 꾸미죠. 장관님은 옆에서 지원사격이나 해주십시오."

"알겠습니다."

*　　　　　*　　　　　*

2019년 1월.

무차별적으로 하락하던 세계 금융시장은 미국과 양국이 극적인 휴전에 합의하면서 서서히 생기를 되찾기 시작했다.

그 짧은 시간에 전 세계 금융시장에서 날아간 금액이 무려 18조 달러를 넘었다.

"누나, 고생했어요."

"고생은 뭐. 나야 남은 자금으로 국채만 사들였지만 철욱 씨와 현수 씨가 고생했을 거야."

"그놈들은 체력이 좋아서 괜찮을 거예요."

이병웅이 빙긋이 웃으면서 정설아를 바라봤다.

그녀의 말대로 친구들은 다섯 달 동안 정신없이 바빴을 것이다.

모든 주식을 처분하고 그 돈으로 국채를 매입하는 작업만 해도 만만치 않은데 똑같은 작업을 다시 반복했으니 다섯 달 동안 잠조차 제대로 자지 못했을 게 분명했다.

이번 국채 매입 작전으로 벌어들인 돈은 정확하게 123조였다.

주식시장이 붕괴 수준까지 떨어지자 국채 가격은 하늘 모르게 치솟았는데 단시간 내에 30%의 수익을 올렸던 것이다.

현재 제우스의 자산은 전부 합쳐 800조를 육박했다.

매년 이지스와 갤럭시에서 수익이 창출되었기에 자산이 급증했고 제우스 자체에서 벌어들이는 돈도 그 못지않았다.

특히, 미국 시장에서 벌어들인 돈이 가장 컸다.

금융위기 이후 미국 시장은 450%가 상승했기 때문에 4차 산업 대표기업에 투자한 제우스의 수익률은 압도적으로 세계 최고를 자랑했다.

농군그룹이 추진 중인 '신화 프로젝트'에 천문학적인 돈이 들어가지 않았다면 제우스의 자산은 1,300조에 달했을 것이다.

'신화 프로젝트'는 500조가 투입되어 완성 단계에 이른 상태였다.

"그건 잘 진행되죠?"

"금?"

"얼마나 들어왔어요?"

"금이 1,100톤. 은이 1억 온스. 내가 직접 가봤는데 은은 정말 많더라. 금은 거기에 비하면 새 발의 피야."

"더 서둘러야 해요. 지금은 잠시 휴전을 했지만 미중 무역 전쟁은 계속될 거예요. 그 전쟁은 누군가 한쪽이 항복을 해야 끝나는 게임이거든요."

"알고 있어."

"이대로 계속 전쟁이 진행되면 금리인하가 단행될 수 있어요. 만약 그렇게 되면 정말로 시간이 없어요."

"병웅 씨는 그게 언제 일어날 거라 생각해?"

"올해가 유력합니다. 휴전 때문에 잠시 주식시장이 회복되고 있지만 무역 전쟁이 지속되는 한 계속 흔들릴 거예요. 절대 연준은 금융시장이 흔들리는 걸 방관하지 못합니다. 보셨잖아요. 이번 폭락 때문에 금리인상을 멈추고 양적긴축을 중단한 거."

"휴우, 병웅 씨 판단이 맞다면 서둘러야겠네. 그런데 정말 연준이 그렇게 할까?"

"연준은 공포에 휩싸여 있어요. 금융시장이 무너지면 미국 전체가 망한다는 걸 잘 알고 있거든요. 그리고 그 뒤에는 또 누군가가 있죠."

"누구?"

"정체를 알 수 없는 자들. 난 세계 금융시장을 조종하고 있는 자들이 있다고 생각해요."

"프리메이슨 같은 거?"

"그렇습니다."

"헐!"

"서둘러 주세요. 대한민국이 보유한 금과 은은 전 세계 국가

중 최소 넘버 3안에 들어야 합니다. 그래야, 다가올 세상에서 큰 소리치며 당당하게 살아갈 수 있어요."

"그만 괴롭혀. 나도 최선을 다하는 중이라고!"

정설아가 이병웅을 향해 소리를 쳤다.

그녀는 몸이 열두 개라도 부족할 정도로 일이 많다.

암중에서 그룹사의 재무를 컨트롤해야 했고 전 세계에 퍼져 있는 제우스의 투자 업무를 병행하고 있으니 하루 24시간이 부족할 지경이었다.

그럼에도 이병웅이 지시한 금과 은 매입 작전은 철저하게 챙기고 있었다.

그 어떤 것보다 중요하다는 걸 충분히 인식하고 있었기 때문이었다.

진짜, 이병웅이 예측한 것처럼 경제위기가 재발되어 미국 연준이 헬리콥터머니를 찍어낸다면 전 세계는 새로운 통화 시스템으로 전환될 수밖에 없었다.

"누나, 이번 주말에 나랑 여행 가지 않을래요?"

"무슨 소리야?"

갑작스러운 이병웅의 제안에 정설아가 깜짝 놀라며 바라봤다.

오랫동안 깊은 관계를 맺어왔지만 지금은 서로가 가정을 가진 사람들이었다.

"하하… 왜 얼굴이 그래요. 우리 둘만 가는 게 아니니까 걱정하지 마세요."

"그럼?"

"윤명호 회장님과 농군의 최 회장님이 같이 갈 겁니다."

"아휴, 깜짝 놀랐네. 신화 프로젝트로 추진되는 목포 단지 준공식 말하는 거지?"

"맞아요. 대통령까지 온대요. 저야 옵서버 자격이고 누나는 제우스 회장 자격으로 가는 거죠. 어때요, 오랜만에 여행 가니까 막 설레고 그래요?"

"쳇, 다 늙은 할망구한테 별소릴 다 하네."

"에이, 아직 누나는 젊어요. 누가 보면 40대 초반으로 볼걸요. 매형이 좋아하지 않아요?"

"싫어, 그런 말. 병웅 씨가 그런 말 하면 옛날 생각 난단 말이야."

"알았어요. 안 할게요."

"주말이면 토요일이야?"

"금요일에 먼저 가서 하룻밤 자고 토요일 오전에 참석해야 돼요."

"이상한 짓 안 할 거지?"

"걱정하지 마요. 누난 가정을 가진 여잔데 설마 내가 유혹하겠어요?"

"호호… 다행이네."

정설아와 함께 목포의 농업 단지로 들어서자 이지스의 윤명호와 갤럭시의 정경민, 그리고 '농군그룹'의 회장 이성재가 마중 나와 있는 게 보였다.

그들은 대한민국 재계의 거두로 누군가에게 절대 고개 숙일 사람들이 아니다.

하지만 그들은 이병웅이 정설아와 나란히 들어서자 나란히 도열해서 최대한 정중하게 고개를 숙었다.

수많은 사람들이 모여 있는 준공식 현장이었으나 그들의 모습을 본 사람들은 없었다.

이병웅이 도착한 곳은 식장에서 제법 떨어진 외곽이었기 때문이었다.

"마스터, 어서 오십시오."

"귀한 분들이 왜 여기 서계세요. 식장에서 기다리지 않고요."

"당연히 와서 기다려야죠. 마스터께서 오시는데 감히 앉아서 기다릴 수 있겠습니까."

"별말씀을… 여기서 식장까지 얼마나 걸리죠?"

"차로 5분이면 됩니다."

"대통령님은 와계십니까?"

"10분 전에 도착하셨다는 전갈을 받았습니다. 총리님과 같이 오신 걸로 압니다."

"이런, 그런데 여기 다 계시면 어떡하나요. 대통령님이 찾으셨을 텐데요."

"저희에겐 대통령님보다 마스터가 훨씬 더 중요하니까요."

이병웅의 걱정에 윤명호가 미소를 지으며 대답을 했다.

빈말이 아니다.

그와 나머지 회장들의 눈에는 진심이 담겨 있었다.

목포 농업 단지는 '농군그룹'이 선정한 25개 농업 단지 중에서 핵심적인 장소다.

호남평야 전반을 아우르는 14개 농업 단지 중 본단이 자리 잡았고, 호남 농업 단지 중에서 가장 규모가 컸다.

'농군그룹'의 계열사는 모두 세 개.

농업 단지와 축산 단지, 그리고 해산물 단지를 관리하는 기업들이었다.

분야별로 계열사가 관리하는데, 단일기업으로는 세계 최대 규모를 자랑했다.

회장들과 함께 식장에 들어서자 대통령 비서실장이 부리나케 달려오는 게 보였다.

"아이고, 회장님, 어디 가셨습니까? 대통령님이 아까부터 기다리고 계십니다."

"죄송합니다. 오늘 준공식 관련해서 이분들과 상의할 일이 있었습니다. 서둘러 온다고 왔는데 조금 늦었군요."

'농군그룹'의 이성재가 핑계를 대면서 정중하게 고개를 숙였다.

하지만 전혀 비굴해 보이지 않았다.

비서실장이라면 정부의 장관급이었으나 그는 비서실장에게 전혀 꿀리지 않는 모습을 보여주었다.

어쩌면 당연한 일이다.

'신화 프로젝트'에 투입된 비용만 해도 500조다.

정부로서는 절대 할 수 없는 천문학적인 비용이 투입되었고 계열사에 고용된 직원만 해도 13만에 육박했으니 그가 비서실장이 두려울 리 없었다.

"인사하십시오. 이병웅 씨는 아시죠?"

"아… 당연히 알죠. 그런데 여긴 어떻게……?"

"제가 초청했습니다. 우리 '신화 프로젝트'가 가동되는 위대한 순간에 세계에서 가장 유명한 분을 초청하고 싶었거든요."

"그렇군요. 어쨌든 일단 가시죠. 대통령님이 기다리십니다."

"알겠습니다."

급하긴 급했던 모양이다.

비서실장은 이병웅에게 대충 인사를 한 후 회장단의 앞에 서서 부지런히 VIP 대기실로 향했다.

대기실에 도착해서 회장단이 안으로 들어설 때 따라 들어가던 이병웅을 비서실장이 막았다.

이병웅이 아무리 유명한 스타라 해도 일반인이다.

그런 신분으로 대통령을 만나는 건 안 된다는 게 비서실장의 판단이었다.

그때, 앞장서던 윤명호가 비서실장의 어깨를 강하게 움켜쥐며 그의 행동을 제지했다.

"실장님, 무례를 삼가주십시오. 이분은 우리가 초청한 분입니다."

"아니, 이게 무슨 짓이오!"

"이분을 들어가지 못하게 한다면 우린 전부 대통령을 만나지 않을 것이오."

"허어!"

"어쩌겠습니까?"

강렬한 눈빛, 그리고 완고하게 닫힌 입술.

정말 비서실장이 들어가지 못하게 한다면 당장에라도 자리를 박차고 나갈 기세였다.

그들이 누구란 말인가.

그들은 전부 세계를 폭풍처럼 흔들고 있는 재계의 거물들이었다.

만약 그들이 없었다면 대한민국이 불과 7년 만에 일본을 제치고 세계 3위의 경제대국으로 성장하지 못했을 것이다.

거기에 정설아가 있다.

제우스는 버크셔 해서웨이와 더불어 사모펀드 분야에서 양대

산맥을 이루는 금융계의 거물이었다.

비서실장은 불편한 표정을 숨기지 못했다.

아무리 그들이 재계의 거물들이라 해도 자신을 무시하는 건 대통령을 무시하는 것이라 느꼈기 때문이었다.

그럼에도 회장들의 완강한 태도에 어쩔 수 없다는 듯 고개를 흔들었다.

"이런 분들이 아닐진대 이병웅 씨를 데리고 들어가겠다는 이유를 모르겠군요. 좋습니다, 그렇다면 잠깐 인사만 드리도록 하는 건 어떻습니까?"

"분명히 말씀드렸을 텐데요. 이병웅 씨는 저희 일행입니다."

"기어코 대통령님과 자리를 함께해야 된다는 건가요?"

"그렇습니다."

"알겠습니다. 그렇다면 제가 먼저 들어가 대통령님께 보고를 드리지요. 잠깐만 기다려 주십시오."

여전히 불편한 기색을 숨기지 못한 비서실장이 안으로 사라지자 그의 뒷모습을 바라보며 이병웅이 쓴웃음을 지었다.

비서실장은 본분을 다했다.

다른 때 같았다면 무리하게 대통령을 만날 일도 없거니와 스스로 먼저 자리를 떴을 것이다.

하지만 오늘은 다르다.

사라졌던 비서실장이 다시 나온 건 불과 1분도 지나지 않았을 때였다.

"만나시겠답니다. 들어가시죠."

"감사합니다."

일행이 비서실장을 따라 안으로 들어서자 대통령이 홀로 앉아 차를 마시고 있는 게 보였다.

대통령은 회장들이 안으로 들어오는 걸 본 후 자리에서 일어나 다가왔는데 만면에 웃음이 가득 떠올라 있었다.

부처님처럼 따스하고 사람을 편안하게 만드는 웃음이었다.

"어서들 오세요. 대통령을 기다리게 하시다니 너무들 하시는 거 아닙니까?"

"죄송합니다. 서둘러 온다는 게 조금 늦었습니다."

"이병웅 씨도 반갑습니다. 매번 뉴스에서 보다가 이렇게 직접 보니 정말 잘생기셨군요. 만나서 반갑습니다."

"대통령님을 만나 뵙게 되어 영광입니다."

"일단 앉으세요. 차를 들면서 담소를 나누다가 식장에 가면 되겠죠?"

"예, 아직 식이 시작되려면 30분 정도 남았습니다. 그런데, 대통령님… 죄송하지만 잠시 독대를 하면 안 되겠습니까?"

윤명호의 말에 대통령의 얼굴이 슬쩍 굳어졌다.

지금 귀빈실에는 비서실장을 비롯해서 경호실장, 차를 나르는 청와대 여직원들이 함께하고 있었다.

대통령은 작년에 취임했는데 살아 있는 보살이라 불리는 사람
이었다.

인품이 온화하며 사람을 다루는 기술이 좋아 따르는 사람들
이 많았고 청렴하게 살아서 재산이 집 한 채가 전부였다.

원칙적으로 대통령은 경제계 인사들과 독대를 하지 않는 게
원칙이다.

정경분리의 원칙이 철저하게 지켜진 것은 전임 대통령 때부터
였는데, 새로 부임한 그도 그 원칙은 철저히 지켜왔다.

대통령은 취임하면서 대한민국이 절대 부정부패에 물들지 않
게 만들겠다고 굳은 맹세를 했었기에 윤명호의 제의를 들은 후
한동안 말을 하지 않았다.

평소 같으면 그런 태도가 거부라는 걸 알 테니 더 이상 말하
지 않는 게 예의였지만 이번엔 정설아가 나서서 대통령에게 다시
한번 청을 넣었다.

"대통령님, 정말 중요한 말씀을 드려야 되기에 부탁드리는 거
예요. 전혀, 사심이 없다는 걸 알아주시면 좋겠습니다."

"저희는, 지금까지 기업을 운영하면서 한 번도 대통령님과 장
관들께 사적인 부탁을 해본 적이 없습니다. 심지어 국회의원들
도 저희에겐 손을 벌리지 않죠. 그들이 어떤 부탁을 해도 들어주
지 않았으니까요. 대통령님, 다른 사람들을 비워주십시오. 대한
민국의 미래에 대해 중요한 말씀을 드려야 됩니다."

"그렇다면, 이병웅 씨도 나가야 합니까?"

"아닙니다."

대통령의 질문에 네 명의 회장이 동시에 고개를 흔들었다.

대통령은 30년이 넘는 정치 생활을 하면서 온갖 경험을 다 겪었고 인간 군상들의 오욕 칠정을 전부 경험한 사람이었다.

그랬기에 그는 회장들의 태도에서 이번 일이 이병웅과 관련 있다는 것을 금방 눈치챘다.

비서실장이 지시를 받으며 난감한 표정을 지었지만 대통령이 다시 한번 나가 있으라는 말을 건네자 어쩔 수 없다는 듯 사람들과 방을 나갔다.

그는 나가면서 세 번이나 되돌아봤는데 대통령이 취임한 후 처음 있는 일이었기 때문이었다.

"자, 그럼 말씀을 해보세요. 나는 여러분과 차를 마시며 목포 농업 단지에 대해 여담을 나눌 생각이었는데 따로 중요한 이야기가 있는 것 같군요."

대통령이 윤명호를 바라보며 말을 했다.

여기서, 이들의 좌장이 윤명호라 생각했기 때문이었다.

하지만 입을 연 것은 이병웅이었다.

"대통령님, 제가 말씀드리겠습니다."

"음… 어쩐지 이병웅 씨가 이야기할 것 같았어요. 그래, 대한민국이 낳은 전설의 스타께서 어떤 말씀을 하실지 궁금하군요."

"여기엔 네 명의 회장들이 계십니다. 제우스와 이지스, 갤럭시, 그리고 오늘 행사를 주최한 농군까지. 전부 대한민국 경제의 심장 역할을 하시는 분들이죠. 저는 오늘 가수가 아닌 이분들의 리더로서 대통령을 뵙기 위해 찾아온 겁니다."

"그게… 무슨 말씀이시오?"

"이분들이 운영하는 기업들의 진짜 주인이 저란 뜻입니다."

"허억!"

이병웅의 말이 떨어지자 대통령이 얼굴이 순식간에 변했다.

웬만한 일에는 눈 하나 깜빡하지 않는 그였으나 이번에는 얼마나 충격을 받았는지 비명마저 삼켰다.

"제가 정체를 밝힌 이유는 앞으로 진행될 대한민국의 운명에 대해 대통령님과 허심탄회하게 상의하기 위함입니다. 향후, 세계는 각국이 살아남기 위해 서로를 물어뜯는 전쟁을 벌일 것입니다. 저는 그런 미래에 대비해서 여러 가지 일을 준비해 왔습니다. 이번 농군이 추진하고 있는 '신화 프로젝트'도 그런 미래를 대비하기 위한 일환입니다. 지금까지 이분들께 제 의사를 전달하게 해왔으나 앞으로는 제가 대통령님과 직접 대화하면서 준비할 생각입니다. 그만큼 앞으로 벌어질 일이 대단히 위험하고 중요하기 때문입니다."

"나는 도대체 무슨 말인지 잘 모르겠구려. 당최… 이게……."

"오늘은 준공식 행사를 해야 되니, 제가 나중에 청와대로 찾아뢰도록 하겠습니다. 그때 상세한 이야기를 말씀드리겠습니다."

"음……."

대통령이 시선을 돌려 앉아 있는 회장들을 바라보았다.

경직된 태도. 그리고 긴장된 시선.

그들은 이병웅이 말을 하는 동안 입을 꾹 닫은 채 듣기만 했는데 전혀 끼어들 생각이 없는 것 같았다.

만약 이것이 장난이라면 세상에서 가장 대담하고 무모한 장난일 것이다.

하지만 그런 일은 아니다.

회장들의 태도에서 이병웅의 정체가 진짜라는 걸 단박에 알 수 있었기 때문이었다.

"대통령님, 부탁드리겠습니다. 전임 대통령조차 제 정체를 알지 못했습니다. 지금까지 제 정체를 알고 있는 사람은 여기 네 분과 두 명의 친구들뿐입니다. 그들은 미국과 중국에서 제우스의 투자를 책임지고 있는 사람들입니다."

"당신이 진짜 이 모든 것의 주인이라면 왜 지금까지 정체를 드러내지 않았소?"

"누군가와 싸우기 위해서였습니다. 그들은 어딘가에서 몸을 숨긴 채 전 세계를 조롱하며 암중에서 경영하는 자들입니다. 그들과 대항하기 위해 정체를 드러내지 않았던 것입니다."

"들으면 들을수록 모를 말들뿐이군요. 그런 자들이 진짜 있단 말입니까?"

"그것도 나중에 상세히 말씀드리겠습니다. 제 정체가 드러나는 순간, 저는 어쩌면 누군가의 칼날이나 총탄에 목숨을 잃을지 모릅니다. 그러니 대통령님, 절대 이 비밀이 새어 나가지 않게 해 주십시오."

"어떻게 약속하면 되겠소?"

"대통령님을 믿지 않았다면 여기까지 오지 않았을 겁니다. 약속은 하지 않으셔도 됩니다."

"참으로 무서운 일이구려. 허허… 알겠소. 병웅 씨에게 약속은 하지 않으리다. 하지만 나에게는 스스로 약속을 하지요. 내가 죽는 그날까지 병웅 씨에 관한 건 한마디도 꺼내지 않으리다."

* * *

준공식을 마치고 올라온 이병웅은 그날 저녁 단독으로 청와대를 찾았다.

모든 사람들이 퇴근한 저녁을 선택한 건 그가 아니라 대통령이었다.

비서실장은 정문까지 나와 그가 들어갈 수 있도록 조치한 후 스스로 알아서 자리를 비웠는데, 미리 대통령의 지시가 있었던 것 같았다.

대통령은 집무실이 아닌 관저로 이병웅을 데려갔는데, 거기엔 영부인이 마중하듯 서 있었다.

"중요한 손님이 오신다고 해서 기다리고 있었어요. 이 양반이 누군지 가르쳐 주지 않아서 긴장했는데 이병웅 씨가 올 줄은 정말 몰랐네요."

"처음 뵙겠습니다."

"제가 더 영광이죠. 저를 모르는 사람은 많아도 병웅 씨를 모르는 사람은 없잖아요."

영부인이 푸근한 웃음을 지은 채 먼저 앞장서서 안내를 도왔다.

향기로운 술 냄새.

그리고 식탁에는 갖가지 요리가 놓여 있었다.

"같이 식사하고 싶은데 이 양반이 중요한 이야기가 있으니 자리를 비켜달라고 하네요. 그럼 즐겁게 드시고 이야기 나누세요."

영부인이 할 일을 다 했다는 듯 방을 나선 후 사라지자 그제야 대통령이 입을 열었다.

"꽤 긴 이야기가 될 것 같아서 술상을 준비했어요. 나와 술 한잔하는 거 괜찮지요?"

"이런 자리를 준비하실 줄은 미처 생각하지 못했습니다. 감사합니다."

"자, 한잔 듭시다."

대통령이 잔을 건네며 손수 술을 따라주자 잔을 받은 이병웅이 이번에는 대통령의 잔에 술을 따랐다.

본론으로 들어가기 전, 대통령은 취임 후 1년 동안의 청와대 생활과 정치의 어려움을 토로하며 시간을 보냈다.

일부러 그런 거다.

적당히 술을 마시며 시간을 보내는 건 손님을 맞이했을 때 기본적으로 하는 절차다.

"나는 참, 행운아란 생각이 듭니다. 만약 우리나라에 재선 제도가 있었다면 무조건 전임 대통령께서 이 자리에 남아 있지 않았겠소?"

"워낙 잘하셨죠. 국민들이 사랑했던 분이니까요."

"맞아요. 그 짧은 기간 안에 대한민국을 반석 위에 올려놓았으니 정말 존경스러운 분이오."

"저는 대통령님께서도 대한민국을 잘 이끄실 거라 믿고 있습니다."

"그랬으면 좋겠소. 나는 대통령 취임식에서 선서를 읽으며 진짜 괜찮은 대통령이 되고 싶었어요. 전임 대통령이 만들어낸 대한민국의 기적을 잘 보전하고 발전시키는 게 내 임무이자 소망입니다."

"그렇게 될 것입니다."

이병웅이 빙그레 웃으며 술잔을 내밀자 대통령이 너털웃음을 흘리며 잔을 받았다.

"이병웅 씨를 갓 보이스라고 부르더군요. 내 딸내미도 이병웅 씨의 팬이에요. 아마, 3년 전엔 콘서트도 보러 갔을걸?"

"제 노래를 많은 사람들이 좋아하죠."

"나는 이병웅 씨에 대해서 많은 이야기를 주변에서 들었습니다. 지금까지 벌어들인 막대한 돈 대부분을 불우한 사람들을 위해 썼다는 말을 듣고 감탄을 했어요. 역시, 난사람은 뭔가 다르단 생각이 들더군요. 도대체 그 많은 돈을 기부한 이유가 뭡니까?"

"세상은 불공평하다고 생각했습니다. 우리가 사는 이 세상은 있는 사람들이 없는 사람들을 노예처럼 착취하는 나쁜 질서가 자리 잡고 있습니다. 그것이 자본주의의 특성이라 말하는 사람들은 소수의 기득권층이죠. 저는 모든 사람들이 행복해야 된다고 생각합니다. 그래서 식장에서 말씀드린 것처럼 세계를 암중에서 지배하는 자들과 싸우고자 했던 것입니다. 그들은 인류를 돈의 노예로 삼아 지배하려는 자들이니까요."

"휴우, 암중에 존재하는 자들에 대해서 조금 더 말해주시오. 나는 아직도 믿기지 않아요."

"그들은……."

이병웅은 오래전 자본주의가 태동되었을 때부터의 역사에 대해 천천히 대통령에게 설명해 나갔다.

로스차일드, 록펠러, 카네기가의 전설.

그리고 연준을 장악하고 있는 JP모건의 역사와 각국 거대 은행이 현재 벌이고 있는 일들에 대해서.

곧이어 그의 말은 신용화폐의 생성과 그 수명이 다해가고 있는 이유, 과정을 하나씩 곁들였다.

거의 1시간이 넘는 설명.

대통령이 듣기에 이병웅의 이야기는 하나하나가 전부 경악할 정도로 충격적인 것들뿐이었다.

이병웅의 말이 끝났을 때 대통령의 표정은 굳어질 대로 굳어져 있었다.

그는 이야기 과정에서 끊임없이 무거운 신음을 흘렸는데, 세상에 태어나 가장 충격을 받은 것 같았다.

"저는 그런 사실을 토대로 대한민국을 위해 세 가지 준비를 했습니다. 그 하나가 스스로를 지킬 수 있는 국방력을 증강시키는 것이고, 또 다른 하나는 어떤 일이 있어도 자급자족할 수 있는 식량 시스템을 준비하는 것입니다. 그리고 마지막 하나. 신용화폐가 소멸되었을 때를 대비해 신의 돈이라 불리는 금과 은을 보유하는 것이죠."

"지금 개발되는 전투기와 미사일이 갤럭시의 작품이라더니 그게 자네가 한 일이란 말인가?"

"그렇습니다."

"농군그룹의 신화 프로젝트도 그래서 시작된 거로군."

"조금 늦은 감이 있으나 서두르면 충분히 가능하다고 생각했습니다."

"금과 은은?"

대통령이 의아한 표정을 숨기지 않았다.

어느새 그는 이병웅을 향해 말을 놓고 있었는데 이야기를 하는 동안 발생된 믿음과 친밀도 때문인 것 같았다.

하지만 그에 대해 이병웅은 전혀 신경 쓰지 않았다.

"현재 제우스는 금 1,100톤과 은 1억 온스를 보유하고 있습니다. 정부에서 영란은행에 맡겨놓은 금 120톤까지 가져오면 양이 조금 더 늘어날 겁니다."

"금과 은을 수입한다는 보고를 들었지만 상상보다 많구먼."

"앞으로도 갤럭시는 꾸준히 금과 은을 매입할 생각입니다. 향후 금과 은을 얼마나 보유했냐에 따라 국가의 위상이 달라질 테니까요."

"휴우… 자네는 국가가 할 일을 지금까지 대신 해왔군. 대통령으로서 얼굴을 들 수 없네그려."

"제가 스스로 좋아서 했을 뿐입니다."

"좋아, 지금까지 이야기는 잘 들었네. 그렇다면 내가 해줄 일은 뭔가?"

"갤럭시와 제우스가 하는 일을 도와주십시오. 저희가 하는 일은 정부의 적극적인 도움이 필요한 게 많습니다."

"예를 들면?"

"처음 말씀드린 것처럼 저는 대한민국 국민이 전부 잘살 수 있는 나라가 되기를 바랍니다. 정부는 국민이 편안하게 돈 걱정 없이 살 수 있도록 복지 시스템을 구축해 주십시오. 돈은 저희들이 벌어 오겠습니다. 그리고 한은에 지시해서 본격적으로 금을 매입했으면 합니다. 지금까지 열강들의 눈치를 보느라 소극적으로 움직였지만 최대한 빠른 시간 안에 목표치를 확보해야 됩니다."

"그것뿐인가?"

"아닙니다. 대통령님께 부탁할 일은 산더미처럼 많습니다. 그래서 찾아온 것이고요."

이병웅이 갤럭시와 농군그룹이 필요한 것들을 나열했다.

주로 정부의 각종 규제와 승인에 관한 것들이었는데, 하나같이 오랫동안 유지해 왔던 나쁜 관행들이었다.

그리고 마지막으로 미중 무역 분쟁에 관한 이야기를 꺼냈다.

"대통령님, 미국은 중국을 넘어뜨리면 곧 대한민국에게 전쟁을 걸어올 겁니다. 그러니, 우리도 준비를 해놔야 합니다."

"미국이 우리를?"

"그자들은 피아를 구분하지 않습니다. 오로지 자신들의 패권에 조금이라도 위해가 된다면 목을 칠 뿐이죠."

"허어!"

"중국은 아직까지 버틸 힘이 있으나 얼마 남지 않았습니다. 미국 대통령이 재선에 성공하게 되면 중국은 그 즉시 항복을 해야 될 겁니다."

"항복한다는 의미가 뭔가?"

"나라가 갈가리 찢길 수 있습니다. 더불어 금융시스템이 강제 개방되며 양털 깎기가 이뤄지겠죠. 그리되면 중국은 망신창이로 변할 수밖에 없습니다."

"양털 깎기가 무슨 말인지?"

"우리나라가 1998년 IMF 당시 당한 게 바로 양털 깎기입니다. 그때 미국은 우리나라 금융시장을 박살 낸 후 우리나라의 기업과 은행, 부동산을 헐값으로 사들였죠. 지금 시중에 있는 은행은 전부 외국자본들 것입니다. 더불어 삼전도 마찬가지죠. 삼전은 외국자본이 시총의 60%를 장악하고 있습니다."

"그게 정말인가?"

"나중에 확인해 보시면 아실 겁니다."

"이것 참, 내가 초등학생이 된 기분이구먼. 병웅 군, 미국이 전쟁을 걸어오면 어떻게 해야 되나. 그들이 전쟁을 걸면 우린 당해 내지 못할 텐데?"

"이기지는 못하더라도 지지 않을 수 있습니다. 우리는 과거와 달리 미국이나 중국에게 의존하던 수출 체제를 완전히 탈바꿈해 놓은 상태입니다. 더군다나, 우리에겐 양자컴퓨터를 기반으로 한 4차 산업 기술과 초정밀 기계 제작 기술들이 세계 최고 수준입니다. 아무리 미국이라도 중국에게 하던 것처럼 깡패 짓을 하지 못할 겁니다."

"그건 그렇지. 모두 자네 덕일세."

"오늘은 너무 늦었으니 그만 일어나겠습니다. 나중에 필요한 일이 있으면 대통령님을 찾아뵙겠습니다."

"이보게, 자네가 필요할 때만 오면 어떡하나?"

"무슨 말씀이신지……."

"내가 필요할 때도 와주게. 자네가 내 멘토를 해줘. 국정 운영을 하면서 힘든 일이 있으면 도와달란 말일세."

"언제든지 불러주십시오. 제가 도울 수 있는 일이라면 최선을 다해 돕겠습니다."

"고맙네."

*　　　　　*　　　　　*

중국 주석실.

회의용 탁자에는 류허 부총리와 상무부장 중산이 무거운 얼굴로 앉아 있었다.

"상황이 어떻소?"

"미국 놈들은 우릴 고사시킬 생각입니다. 간신히 3,200억 달러의 관세를 유예했지만 그동안 맞은 관세로 인해 기업들이 고전을 면치 못하고 있습니다."

"여전히 당신 생각은 변함없소?"

"그렇습니다. 금융을 개방하는 순간 중국은 철저하게 짓밟히게 될 것입니다. 미국의 금융가들은 우리 주식시장을 박살 낸 후 양털 깎기를 시행할 게 분명합니다. 만약, 그런 결과가 벌어지면 우리나라는 회복 불능의 상태로 빠질 수 있습니다."

"음, 기업들의 부도가 계속 증가하고 있어. 이런 상태라면 우린 얼마 버티지 못하오."

"그래도 버텨야 합니다. 그자의 대선 때까지만 견딘다면 승산이 있습니다. 그리고 굴욕적인 협상을 하게 되면 태자방이나 상하이방 쪽에서 맹공을 가해올 것입니다."

류허의 대답에 주석의 입술이 일자로 변했다.

첩첩산중.

경제를 생각한다면 이쯤에서 양보를 하고 끝내면 좋으련만 정치적인 관계나 향후에 몰아닥칠 후폭풍이 너무나 두려웠다.

"미국이 요구한 농산물은 어찌했으면 좋겠소?"

"조금씩 매입할 생각입니다. 미국의 농산물은 브라질이나 우리가 수입하고 있는 다른 나라들보다 배는 비쌉니다. 휴전의 대가로 농산물을 사주기로 했지만 우리 피해가 너무 큽니다."

"약속을 어기면 놈들이 그냥 있지 않을 텐데?"

"그들도 이번 전쟁이 일방적일 수 없다는 걸 이제 알고 있습니다. 우리가 버티는 한 함부로 공격을 해오지 못할 겁니다."

"미국 대통령은 미치광이야. 그 인간은 앞뒤를 재지 않는단 말이오."

"그자는 미치광이지만 그 밑의 실무진들은 냉철한 인간들입니다. 잘 조율할 겁니다."

주석이 류허의 답변에 작게 고개를 끄덕였다.

아무리 생각해도 그 수밖에 없다.

미국에서 2배나 비싼 농산물을 수입해 올 경우 인민들은 더 비싼 가격으로 먹거리를 사야 한다.

그리되면 폭동이 일어날 수도 있었다.

"좋소, 그건 그렇게 하고. 상무부장, 우리가 추진 중인 '천전 프로젝트'는 어찌 돼가오?"

"현재까지 1,300톤을 수입했습니다. 향후, 2년 이내 1,000톤을 더 수입할 예정입니다."

"그걸로 충분할까?"

"우리가 보유한 금만 해도 미국이나 여타 어느 국가도 따라오지 못합니다. 미국은 통계상으로 8,200톤을 보유한 것으로 나와 있지만 아무도 그들이 그만한 금을 보유한 걸 확인하지 못했습니다. 나머지 국가들도 마찬가지죠. 대부분 국가의 중앙은행들은 자신들이 보유한 금을 과다하게 발표하고 있습니다."

"미친놈들, 스스로 죽을 자리를 파고 있구먼."

회의를 시작한 후 처음으로 주석이 웃었다.

'천전 프로젝트'.

천전이란 하늘의 돈을 말하고, 그것은 곧 금을 의미했다.

"그나저나, 한국 놈들이 금 매입에 가담하고 있다면서?"

"한국은행에서 공식적으로 매입한 건 500톤 정돕니다. 하지만 다른 루트를 통해서 계속 양을 증가시키고 있는 것으로 추정됩니다."

"그놈들은 어떻게 알았을까?"

"한국 대통령의 측근 중 똑똑한 놈이 있는 것 같습니다. 한국은행 총재가 단독으로 할 수 있는 일은 아닙니다."

"그자가 누군지 알아봐. 그래서 우리 일에 방해가 되면 제거하도록."

"그렇지 않아도 파고드는 중입니다. 조만간 알아낼 수 있을 것입니다."

"이제 얼마 남지 않았어. 두고 봐. 새로운 시스템으로 전환되면 미국 놈들에게 당한 설움을 반드시 보복할 테니까."

"주석님, 미국 쪽에 아무래도 수상한 구석이 있습니다."

"무슨 말이오?"

"연준을 장악하고 있는 JP모건이 은을 대량으로 매집하는 중입니다. 저희가 분석한 결과 그 양이 자그마치 6억 온스가 넘습니다."

"6억 온스?"

"현재 전 세계 은 보유량이 20온스니까 무려 30%가 넘는 양입니다. 더 중요한 건 놈들이 매집을 멈추지 않는다는 것입니다. 저희 조사팀의 정보에 따르면 선물 은 시장에 가격을 찍어 누르는 것도 그자들이라고 합니다."

"이유가 뭐라고 생각하지?"

"놈들은 차후의 금융시스템을 은본위제로 몰고 갈 생각인 것 같습니다."

"가소로운 놈들. 지들이 아무리 세계 최강이라 해도 은본위제는 절대 안 돼. 은 가지고 뭘 할 수 있겠나. 금은비가가 현재 95를 넘어. 은이 아무리 많아도 새로운 화폐 시스템으로 쓸 수는 없어."

"있습니다."

"있어? 어떻게?"

"놈들이 매집을 끝내면 은값을 끌어올리는 겁니다. 비트코인처럼. 그자들은 금값과 은값을 동일하게 만들 가능성이 큽니다."

"이런… 미친놈들이!"

    *   *   *

 주한 미국 대사 윌리엄 테리가 산자부장관 이홍승을 찾아온 것은 미국이 중국의 주력 기업인 화웨이와 70여 개사에 거래제한 조치를 취하고 난 후였다.

 휴전 협의에서 약속된 농산물을 중국 측이 적극적으로 구입하지 않은 걸 이유로 미국이 2천억 달러의 수입품에 25%의 고율 관세를 부과하면서 전쟁이 다시 격화되기 시작했다.

 윌리엄 테리가 이홍승 장관을 찾아온 것은 삼전의 반도체를 중국에 수출하지 말라는 요청을 하기 위함이었다.

 "오랜만입니다, 장관님."

 "대사님도 안녕하시죠. 자, 이쪽으로 앉으세요."

 이홍승이 먼저 자리를 권하고 그가 맞은편에 앉자 기다렸다는 듯 비서가 홍삼차를 들고 들어왔다.

 윌리엄 테리는 미국 사람답지 않게 홍삼차 마니아였다.

 "홍삼차는 언제 마셔도 쌉쌀한 맛이 일품입니다. 건강에도 좋다고 해서 저는 매일 즐겨 마십니다."

 "하하… 제가 곧 최상품의 홍삼차를 준비해 드리겠습니다."

 "아이고, 그럼 고맙죠."

 두 사람은 차를 마시면서 일상에 관한 것과 한국 생활에 대한 소감 등에 대하여 대화를 나눴다.

윌리엄 테리.

작년에 새로 부임한 인물로서 전형적인 미국 우월주의자였다.

옛날로 따지면 조선에 왔던 명나라의 사신처럼 거드름을 피우는 바람에 언론의 구설수에 자주 오르내리는 자이기도 했다.

"그런데, 대사님께서 어쩐 일로 이곳까지 오셨습니까?"

"긴히 부탁드릴 게 있어서 왔습니다. 한국 측에서 반드시 해줘야 할 일입니다."

이 새끼가, 또 지랄이네.

이건 부탁이 아니라 처음부터 협박조다.

하지만 이홍승은 그의 날카로운 눈빛을 마주 보며 희미한 웃음을 머금었다.

윌리엄 테리가 온 이유는 진즉에 알고 있었지만 먼저 말할 이유가 전혀 없기에 시치미를 떼고 슬며시 입을 열었다.

"어떤 부탁인지 일단 들어보죠. 그래야 협조하든가 말든가 할 것 아닙니까?"

"삼전의 반도체 말입니다. 장관님께서도 알겠지만 우리 미국은 중국의 화웨이를 거래 중지 시켰습니다. 미국과 한국은 오랜 우방이니 미국 측과 협조하는 게 당연한 일이지 않겠습니까?"

"음… 곤란한 말씀이군요."

중국은 세계 반도체 시장의 65%를 수입하는 나라다.

반도체 생산 세계 1위 기업인 삼전에게는 최대 고객이었으니 만약 미국의 요청을 받아들인다면 삼전은 당분간 생산을 중단해야 될지도 모른다.

더군다나, 며칠 전 중국의 상무부장 중산이 찾아왔었다.

그놈이 그놈이다.

중산은 삼전의 반도체 수출을 지속해 주길 바란다면서 협조 요청을 해왔는데, 자신들의 말을 듣지 않으면 그냥 두지 않겠다는 뜻을 은근히 밝혔다.

이홍승이 쉽사리 대답을 하지 않자 윌리엄 테리의 인상이 더럽게 변했다.

"장관님, 설마 미국의 요청을 거부하겠단 겁니까?"

"우리나라에서 삼전이 차지하는 포지션은 상당히 중요합니다. 거기에 삼전 반도체의 최대 수입국이 바로 중국이지요. 이런 건 정치적으로 해결할 일이 아니라고 생각합니다. 기업 간의 문제를 정치와 연결시키는 건 바람직하지 않습니다."

"현재 미국과 중국은 피 튀는 전쟁을 하고 있습니다. 이건 전쟁이란 말입니다. 한국은 오랜 우방이라면서 중국 편을 들겠다는 겁니까!"

"누구 편을 든다는 것이 아니오. 대사님도 알겠지만 며칠 전 중국의 상무부장 중산이 다녀갔습니다. 나는 그때도 기업 간의 일이니 정부에서 끼어들지 않겠다고 했습니다."

"장관님, 결정적인 순간에 양쪽의 눈치를 보면 한국은 죽는 수가 있습니다. 미국이 한국을 죽이는 방법은 수백 가지가 넘는다는 걸 알았으면 좋겠군요. 나는 이만 돌아갈 테니 잘 생각해 보시기 바랍니다."

화가 난 윌리엄 테리가 자리에서 벌떡 일어나더니 성큼성큼 걸어서 집무실의 문을 벌컥 열고 나갔다.

무례하기 짝이 없는 자.

놈은 한국이 마치 미국의 속국이나 되는 양 협박을 하고 있었다.

그랬기에 자리에서 일어나지 않은 채 그의 등을 향해 싸늘한 시선을 보냈다.

우릴 죽일 수 있는 방법이 수백 가지나 된다고?

가소로운 놈.

어디 해봐. 대한민국은 과거처럼 너희들 눈치나 보는 국가가 더 이상 아니야!

*   *   *

미중 무역 분쟁이 격화되면서 다시 주식시장이 흔들리기 시작했다.

간신히 미국 대통령의 지속적인 립 서비스로 상승하던 세계시장이 6%나 폭락했던 것이다.

정설아가 급히 이병웅을 찾은 건 양국의 휴전 합의가 이토록 빨리 깨질지 예상하지 못했기 때문이었다.

더군다나 한 달 전 R의 공포가 나타났기 때문에 그녀의 조바심은 극에 달한 상태였다.

R의 공포는 3개월과 10년물 국채 장단기 금리차가 역전되는 현상을 말한다.

금리는 장기금리가 단기금리보다 높은 이자를 받는 게 당연한데 경제 침체가 예측되면 금리차 역전 현상이 벌어져 투자자들을 두렵게 만든다.

"병웅 씨, 벌써 6%나 하락했어. 이러다가 잘못해서 리세션으로 들어가면 우린 망해. 어쩌면 좋아. 아… 큰일 났네."

"한국 시장은 괜찮잖아요?"

"우리 자금의 대부분은 미국과 중국, 독일, 일본에 들어가 있어. 한국 시장이 문제가 아니잖아!"

"왜 소리를 질러요. 누나는 가만 보면 다혈질이야."

"하아… 지금 농담할 때가 아니야. 정말 이러다 리세션으로 들어가면 우린 막대한 손실을 입게 돼."

"걱정하지 말아요. 별일 없을 테니까."

"무슨 소리야, 벌써 손실 금액이 30조가 넘었어. 저번처럼 30% 폭락하면 어쩌려고 그래?"

"리세션은 아직 오지 않습니다. 그리고 미국 대통령은 절대 주식시장이 망하도록 그냥 둘 사람이 아니에요."

"미국 대통령이 신이야? 무슨 수로 리세션을 막아?"

"그 사람은 습관적으로 주식시장을 보는 사람이에요. 그동안
지겹게 봤잖아요. 트위터로 매번 주식시장 상승에 도움이 주는
립 서비스를 해왔다는 거."

"아휴, 주식 하락에는 장사가 없어. 아무리 그 사람이 미국 대
통령이라도 리세션은 못 막는다고!"

답답하다는 듯 정설아가 다시 소리를 쳤다.

제우스의 투자를 총괄하는 그녀의 입장에서 이번 하락을 고
스란히 맞고 있는 현실이 너무 두렵고 답답했기 때문이었다.

하지만 이병웅은 여전히 담담한 표정으로 그녀를 바라봤다.

"미국의 경제는 아직 탄탄해요. 고용 지표가 최상이고 수출입
지표도 좋아요. 제조업, 비제조업 생산지수는 50을 훌쩍 넘고 서
비스 지표도 좋죠. 이런 상태에서는 절대 리세션이 안 옵니다."

"다른 나라들이 엉망이잖아. 특히, 중국은 개판이라고. 중국
이 무너지면 미국이 아무리 좋아도 같이 죽는 거야."

"하하하… 아직은 때가 아니라고 했잖아요. 상황이 안 좋아지
면 연준은 금리인하 카드를 만지작거릴 겁니다. 미국 대통령이
수시로 협박하는 중이니 곧 소식이 들어올 테죠."

"그 고지식한 연준이 미국 경제가 침체 신호조차 보내지 않는
데 금리를 인하한다고? 말도 안 돼."

"말이 될걸요? 아마, 보험성 어쩌고 하면서 내릴 테니 기다려 보세요."

"우와, 미치겠네. 제우스가 내 회사냐. 어떻게 사람이 그렇게 태평해!"

"미국 대통령은 절대 양국이 같이 죽는 방향으로 움직일 사람이 아닙니다. 어떨 땐 불도저처럼 밀어붙이는 것처럼 보이지만 그 사람 머릿속엔 온통 미국 주식시장뿐이에요. 무슨 수를 쓰든 내년 재선에서 승리해야 되거든요."

"그 말은… 이러다가 말 수도 있다는 뜻이야? 미친놈처럼 관세를 마구 때려놨는데 일국의 대통령이 아무런 일도 없었다는 듯 철회하진 않을 거 아냐?"

"철회하진 않더라도 문제가 생기지 않게 만드는 방법. 미국 대통령은 그 방법에 도가 튼 사람이죠. 분명 조만간 다시 협상이 잘돼가네 어쩌네 하면서 시장을 달랠 겁니다."

이병웅의 확신에 찬 대답을 들은 정설아의 눈빛이 반짝거렸다.

막상 그런 상황을 떠올리자 충분히 주식시장의 발작을 멈출 수 있을 것 같았기 때문이었다.

금리인하와 미국 대통령의 협상 카드가 조화되면 발작하던 주식시장은 오히려 더 상승할 가능성이 컸다.

"우리 밥이나 먹으러 가요. 너무 걱정하지 말고."

"우씨, 무서워서 밥이 넘어가겠어. 하루에도 수십조씩 왔다 갔다 하는 판에."

"철혈의 마녀께서 겁쟁이가 다 되셨네."

"내 간덩이가 작아서 그래. 병웅 씨도 일선에서 몇백 조씩 굴려봐. 아마 심장이 쫄깃쫄깃할걸?"

*   *   *

이병웅의 예측은 정확했다.

2019년 7월.

그토록 완고하게 금리인상을 주장하던 연준의장이 결국 경제의 위험을 선제적으로 대응하기 위해 보험성 금리인하를 발표했던 것이다.

더불어, 미국 대통령이 끊임없이 중국과의 협의가 잘 진행된다며 뻥을 쳐댔기에 주식시장은 다시 거침없이 상승을 시작했다.

정설아는 각국에서 들어오는 상황을 보고받으며 다시 한번 이병웅의 놀라운 예측력에 감탄을 금치 못했다.

누구나 지나고 나면 그때 당시의 일이 당연한 판단이라 여기지만 막상 거대한 돈이 순식간에 시체가 돼버리는 투자 판에서 그 정도로 냉철한 판단을 내릴 수 있는 사람을 찾는다는 건 불가능에 가까운 일이었다.

문제가 일어난 건 8월이었다.

시장이 다시 한번 충격을 받으며 3%의 급락을 일으켰는데 2년과 10년 만기의 국채금리가 역전 현상을 일으켰던 것이다.

3월에 일어났던 3개월물과 10년물의 역전 현상이 초기 증상이라면 2년과 10년 만기 국채의 역전 현상은 경제 침체를 가리키는 오리지널 'R의 공포'라 불리는 것이다.

그랬기에 정설아는 급하게 이병웅의 집 근처를 향해 차를 몰았다.

이병웅이 결혼한 후 가급적 집에 가지 않으려 했으나 갑자기 벌어진 현상 때문에 도저히 견딜 수가 없었다.

잘못하면 이러다 죽을 것 같았다.

500조란 거대 자금을 운영하다 보니 경제계에서 벌어지는 충격적인 소식을 들을 때마다 심장이 내려앉았고 가끔 가다 손이 떨리기도 했다.

예전에는 없었던 현상이었다.

증권사에서 근무했을 때, 그리고 제우스 초창기에는 철의 마녀란 별명답게 차가운 이성으로 시장을 바라봤지만 투자 금액의 단위가 천문학적으로 변하자 점점 철의 마녀란 별명이 어울리지 않을 정도로 간덩이가 작아졌다.

차를 주차장에 세우고 기다리자 이병웅이 나오는 게 보였다.

그는 12시가 다 돼가는 시간에 정설아가 찾아왔음에도 전혀 궁금해하지 않는 표정이었다.

"누나, 얼굴이 창백하네. 역시 별명을 다시 지어야겠어. 토끼 소녀 어때요?"

"휴우, 내가 이 시간에 찾아왔을 땐 엄청나게 큰일이 벌어졌다고 생각되지 않아?"

"전혀요. 누나가 온 건 장단기 역전 현상이 벌어졌기 때문 아니에요?"

"헉, 어떻게 알았어?"

"나도 보고 있었어요. 제 노트북이 항상 열려 있다는 거 잘 알면서 그래요. 내가 그냥 노래나 부르며 노는 것 같아도 볼 건 다 본답니다."

"끄응, 그래서 이번엔 어떤 해법을 주실 건가요, 도깨비 회장님?"

"R의 공포가 리세션을 알리는 지표란 건 맞아요. 예전에 있었던 11번의 역전 현상에서 예외 없이 리세션이 찾아왔죠. 최근에는 닷컴버블 때와 금융위기 때도 마찬가지 현상이 벌어졌어요."

"그랬으니까 왔지. 아무런 준비 없이 리세션이 발생하면 진짜 제우스는 문을 닫아야 해. 왜 웃어. 병웅 씨는 무섭지 않아?"

"안 무서운데요."

"우리가 제우스를 창립한 후 14년 동안 밤잠을 설쳐가며 번 돈이야. 세계 12개국 주식시장에 들어가 있는 돈만 해도 500조나 된다고. 그 돈이 전부 날아갈 수도 있는데 웃음이 나와?"

"누나가 왜 걱정하는지 알아요. 신용화폐 시스템의 마지막 주기다 보니 다른 때와 달리 보였겠죠?"

"맞아, 이전에는 R의 공포가 나타나고 통상 15개월 전후에서 리세션이 왔지만 그땐 금리인하 사이클 기간이 아니었잖아. 하지만 지금 건 금리인하 사이클에서 나타난 거야. 그래서 무서워. 모든 리세션은 두 번째, 네 번째 사이에서 나타났잖아. 따라서 내 판단이 맞다면 우린 당장 움직여야 해. 워낙 자금이 커서 시간이 필요하다고."

"누나 말이 다 맞아요. 그러나 한 가지 간과한 게 있어요."

"내가 잘못 짚은 게 있단 말이야?"

"그래요. 이전 리세션이 누나가 말한 금리인하 사이클에서 생긴 건 맞지만 그때와 지금은 상황이 달라요. 그때의 금리인하 과정을 자세히 살펴보면 이미 경제 침체 사인이 나오면서 금리인하를 한 거예요. 이번 금리인하, 다음 달에도 두 번째 금리인하를 한다죠?"

"맞아."

"연준의장이 말한 대로 이번 금리인하는 경제 침체 때문에 시행하는 게 아니에요. 그게 이전 위기 때와 다른 점입니다."

"그럼… 리세션이 안 온다는 거야?"

"아뇨, 옵니다. 하지만 지금은 아니란 거죠."

"우와, 답답해 미치겠네. 그럼 언제 온다는 거야?"

"지금의 연준은 과거와 달리 선제적 대응을 하기 시작했어요. 현재 세계경제는 우리나라만 빼고 전부 휘청거리는 중입니다. 언제 리세션이 와도 이상할 게 없죠. 예전엔 총알을 준비하고 있다가 위기가 발생하면 완화정책을 썼지만 과거의 패턴을 분석하고 경험했던 연준과 중앙은행은 선제적 대응을 하기 시작했어요. 따라서 그들의 총알이 다 될 때까지 경제 침체는 오지 않을 겁니다."

"그 총알이 언제 다 되는데?"

"내년 말이나, 내후년 초."

"2020년, 2021년?"

"맞아요. 가장 결정적인 시기는 미국 대통령의 재선 선거 전후가 될 거예요. 그때가 되면 세계는 만신창이가 되어 있을 테니 총알을 다 쓴 국가들은 전부 넘어지겠죠."

"미국도?"

"우리나라만 제외하고 전부 다. 깡그리."

"우리나라는 무사할까?"

"몇 년 전부터 우리나라는 총알을 잘 쟁여놨잖아요. 현재 우리나라의 정책 금리는 5%입니다. 미국이 보험성 어쩌고 하며 금리인하를 할 때 전 세계 국가들이 전부 따라서 금리인하를 했지만 우리나라만큼은 하지 않았어요. 왜 그런 줄 알아요?"

"경제가 탄탄해서?"

"한 달 전 대통령을 만났을 때 내가 절대 금리인하를 하면 안 된다고 말씀드렸어요. 금리인하를 하지 않아도 우리나라 경제는 충분히 견딜 수 있다니까 그렇게 하신다더군요."

"헐!"

제42장
아직도 그들은

　대한민국은 일본 강합 때 벌어진 강제징용 문제에 대해 대법원 판결을 내려 일본 기업들의 보상을 판결했다.

　당연한 결과였다.

　일본은 침략했던 모든 나라에 대해서는 공식적인 사과와 배상을 완결했으나 오직 대한민국에게만은 일본 정부가 공식적인 사과를 한 번도 한 적이 없다.

　배상에 대한 문제에 대해서는 다소간의 분쟁이 있지만 대한민국 정부가 진정으로 원하는 것은 일본 정부의 공식적인 사과였다.

대한민국 대법원의 판결이 내려지자 일본 정부는 즉각적인 반발을 하며 공식 논평을 통해 절대 배상할 수 없다는 입장을 표명했다.

그들의 주장은 간단했다.

이미 과거 정부에서 모든 배상 문제를 완료했기 때문에 대한민국 대법원의 판결은 억지 주장이란 것이었다.

*　　　　*　　　　*

7월 1일.

일본은 대한민국의 주력인 반도체와 OLED 디스플레이의 필수 소재인 플루오린 폴리이미드, 에칭 가스, 레지스트를 7월 4일부로 수출규제 하겠다는 내용을 발표했다.

한국이 뜨겁게 달아올랐다.

역사 문제로 인해 최근 양국의 관계가 냉랭해졌다는 건 뉴스를 통해 계속 보도된 내용이었지만 설마 이렇게까지 하리라고는 누구도 예상하지 못했던 일이다.

언론이 발칵 뒤집혔다.

일본의 의도가 무엇인가에 대한 분석이 봇물을 이뤘고, 세 가지 소재가 수입되지 않을 경우 반도체와 디스플레이의 생산이 중단될 수 있다는 우려가 태산처럼 부풀어 올랐다.

세 가지 소재는 전량 일본에서 수입하고 있었기 때문에 막상 규제가 시작된다면 한국의 주력산업이 치명상을 입게 된다는 게 언론의 분석이었다.

그리고 그들은 곧 전 제품에 대한 수출 제재를 확대했기에 양국의 갈등은 꼭짓점을 향해 다가갔다.

어이가 없는 일.

역사 문제를 가지고 누가 누구에게 보복을 한단 말인가.

일본은 36년간이나 대한민국을 강제로 병합한 후 수많은 악행을 저질렀다.

한국의 젊은이들을 전장의 총알받이로 내세웠으며 강제로 끌고 가 노역을 시켰고 꽃다운 처녀들을 병사들의 성적 노리개로 만들었다.

역사 속에서 그런 일들은 비일비재했던 것 아니냐고 말하는 역사학자와 그에 동조하는 개새끼들이 있다는 걸 안다.

그럼에도 분노한다.

왜, 너희는 한 번도 진정으로 미안하다는 말을 하지 않는가.

대한민국 국민들의 애국심이 불을 뿜기 시작했다.

역사 속에서 정치인들이 정쟁으로 세월을 보낼 때 적을 맞서 싸운 건 언제나 힘없는 국민들이었다.

이번에도 먼저 나선 것은 그들이었다.

일본이 경제 침략을 한 지 이틀이 지난 어느 날.

인터넷에는 하나의 로고가 떴다.

노 재팬, 사지 않습니다. 가지 않습니다.

들불처럼 일어난 국민들의 싸움이 시작되었다.

국민들은 일본 제품의 불매운동을 시작했고, 일본 여행을 가지 않겠다는 선언을 하며 이미 예약해 둔 여행까지 취소시켰다.

"정부는 당당하게 행동하라. 개싸움은 국민들이 하겠다."

어느 인터넷 유저가 써놓은 문구를 보면서 소름 끼치는 감동이 밀려왔다.

그래, 씨발. 우리가 한다.

우리 국민은 과거의 굴욕을 다시는 똑같이 당하지 않을 것이다.

*　　　　　*　　　　　*

일본은 그동안 북한의 미사일 발사를 여러 번 당하면서 찍소리도 하지 못했지만, 진짜 일본이 헌법을 고치고 싶어 한 건 바로 대한민국 때문임이 분명했다.

한국과 일본이 전쟁을 벌이면 누가 이길까?

일본은 해군과 공군력이 막강해서 대한민국의 패배 논리는 아주 오래전부터 있었으나 그 사실이 깨진 건 벌써 3년도 넘었다.

한국과 일본이 전쟁을 시작하면 일본은 단 3일 만에 한국에 의해 초토화된다는 게 최근의 분석이었다.

전쟁이 발발하고 3일이면 일본의 전 국토가 유린된다는 이야기는 한미연합사령관이었던 지미 호킨스가 언론에 대고 직접 이야기한 내용이다.

대한민국을 향해 경제 전쟁의 포문을 연 것은 바로 그런 사실이 일본의 심장을 옥죄고 있었기 때문이었다.

삼전을 타격한다고 해서 한국 경제를 침몰시킬 수 없다는 걸 일본의 정치인들은 너무나 잘 알고 있음에도 어쩔 수 없는 선택을 할 수밖에 없었다.

일본은 대한민국과의 무역에서 5년 전까지 매년 250억 달러의 이익을 챙겼지만 이지스그룹의 탄생과 갤럭시그룹의 최첨단 제품들이 도약하면서 최근에는 30억 달러까지 줄어든 상태였다.

그럼에도 일본이 칼을 빼 든 이유는 바로 한국에 대한 공포 때문이었다.

이대로 계속 진행된다면 헌법 규정에 의해 공격 무기를 만들지 못하는 일본은 어쩌면 과거 그들이 한 것처럼 침략의 대상이 될 수도 있었다.

"한국의 반응은 어떻소?"

"격렬하게 반응하고 있습니다. 불매운동이 들불처럼 벌어지는 중이고 한국 정부도 계속해서 강력한 맞대응을 하고 있습니다."

"예상했던 대로군. 그래 줘야지. 그래야 우리 계획대로 진행될 거요."

"수상님, 하지만 우리 피해가 클 것입니다. 삼전의 핵심 부품들을 막아도 놈들에겐 갤럭시와 이지스가 있습니다. 반면에 우리 기업들은 수출을 하지 못하면서 커다란 타격을 받게 될 것으로 예상됩니다. 더군다나 한국인들은 불매운동과 더불어 여행을 취소하고 있기 때문에 이대로 계속 진행된다면 타격은 점점 심해질 것입니다."

"알고 있소. 하지만 이번 기회가 아니면 안 되오. 최근 놈들은 현무—4란 미사일의 실전 배치를 공표했단 말이오. 무려 사거리가 4,000㎞나 된다고 하더군. 그것뿐인가? 놈들에겐 우리나라 전역을 타격할 수 있는 현무—3이 2,000기나 있소. 무조건 헌법을 고쳐야 합니다. 그래야 우리가 살 수 있어요."

"하지만……."

아소 다이 외무부 장관이 수상의 말을 들으며 반박을 하려다 입을 꾹 닫고 말았다.

수상의 얼굴에 담겨 있는 비장감은 너무나 무거워서 더 이상 말을 이어나갈 수 없게 만들고 있었다.

극우주의자인 수상의 꿈은 명실상부한 군사 대국으로 거듭나서 미국의 영향력을 벗어나고 일본 중심의 아시아 대공영을 구축하는 것이었다.

그러기 위해서는 반드시 헌법의 개정이 필요했는데, 그 수단으로 사용된 게 바로 한국을 때려 혐한 정신을 극대화시키는 것이었다.

일본 국민들은 작년에 대한민국이 일본을 제치고 세계경제 순위 3위로 올라섰다는 사실을 인정하지 않았다.

그들에게 대한민국은 영원히 삼류 국가란 인식이 뿌리 깊게 박혀 있었기 때문이다.

그래서 그들은 이지스와 갤럭시 제품들을 어쩔 수 없이 구매했지만 나머지 제품들은 철저하게 불매하는 습성을 보였다.

"여론은?"

"급격하게 수상님에 대한 지지율이 올라가고 있습니다. 그놈들이 우리를 싫어하는 것 이상으로 우리 국민들도 그자들을 싫어하니까요."

"일단, 이번 선거부터 압승을 해야 되오. 그런 후 곧바로 개헌 작업에 돌입합시다."

"알겠습니다."

*   *   *

일본이 경제 전쟁의 시동을 걸어왔지만 대한민국 정부는 그 이상의 반격을 하면서 일본을 압박해 들어갔다.

그중 하나가 바로 지소미아의 종료 선언이었다.

지소미아는 한국과 일본의 정보 교류 협약이었는데 주로 북한의 도발에 관한 것들이 대부분이었다.

대한민국 정부가 지소미아 협약을 종료하겠다는 뜻을 내비치자 미국의 본격적인 압박이 시작되었다.

미국은 중국과의 경제 전쟁 와중에도 최근 벌어지고 있는 대한민국과 일본의 상황을 예의 주시 하다가 결국 지소미아 협약의 종료까지 거론되자 지금까지의 방관자적인 입장에서 벗어나 대한민국을 압박해 왔다.

지소미아는 태평양의 안전을 도모하기 위해 반드시 필요하니 일본이 주장하는 배상 문제에 대해 절충안을 마련해서 원만히 해결하라는 것이었다.

*   *   *

"어서 오게, 병웅 군."

"조금 안색이 안 좋아 보이십니다. 많이 피곤해 보이세요."

"안 피곤하면 이상하지. 일본 그자들로 인해 내가 요즘 미칠 지경일세."

"어리석은 자들입니다. 감히 대한민국을 상대로 경제 전쟁을 걸어오다니요. 일본은 지는 달이고 대한민국은 떠오르는 태양입니다. 그자들은 과거의 영광에 파묻혀 미래의 불행을 앞당기고 싶은가 봅니다."

"병웅 군, 일본과의 경제 전쟁은 하나도 무섭지 않아. 놈들은 이미 우리 상대가 아니거든. 하지만 한 가지 걸리는 게 있네."

"미국 말씀이시죠?"

"그렇다네. 아무래도 미국은 일본의 개헌을 지지할 생각으로 보여. 그자들은 일본이 본격적으로 군비증강을 통해 동아시아 일대의 영향력을 확대시키길 바라고 있어. 자신들의 충성스러운 개노릇을 한 일본에게 중국과 러시아를 견제시키려는 생각이지."

"미국 대통령의 생각이겠죠. 그자는 오로지 미국의 이익만을 생각하는 사람이니까요."

이병웅이 정곡을 찌르자 대통령이 고개를 주억거렸다.

그를 부른 것도 이런 이유 때문이다.

미국의 의도를 빤히 알지만 현재로서는 미국의 압박에 불응한다면 세컨더리 보이콧이 날아올 가능성이 컸다.

일본 정도는 충분히 상대가 가능했지만 상대가 미국이라면 상황은 백팔십도로 달라진다.

"병웅 군, 미국이 지소미아 종료를 강력하게 반대하고 있다네. 며칠 전 미국 대사가 외교부 장관에게 직접 협박을 했다더군."

"뭐라고 말입니까?"

"지소미아 종료를 강행하면 한국과의 동맹관계를 다시 고려해야 한다는 뜻을 비쳤다네. 아주 노골적인 협박이지."

"재밌군요. 그자들은 아직도 대한민국을 예전 힘없던 나라로 생각하는 모양입니다."

"우리나라는 세계에서 최고의 경제 상황과 군사 발전을 이루고 있어. 그래서 견제하기 위함이 아닐까?"

"그럴 겁니다."

현재 대한민국의 경제는 비약적인 발전이란 단어가 무색할 정도였다.

G2라 불리는 미국과 중국의 뒤를 바짝 쫓고 있었는데 대한민국의 GDP는 미국의 55% 수준까지 따라잡은 상태였다.

인구가 적은 탓에 내수가 부족해서 그렇지 수출만 따지자면 압도적인 세계 1위가 바로 대한민국이었다.

그것뿐인가.

최근 들어 갤럭시가 넘겨준 설계도로 미사일과 스텔스 전투기, 이지스함이 속속들이 건조되면서 대한민국의 국방력은 세계 4위까지 치솟은 상태였다.

그런 측면에서 봤을 때 미국의 견제는 충분한 이유가 있는 것이었다.

"자네 생각은 어떤가. 지소미아를 종료하면 미국의 행동이 점점 거칠어질 것 같은데?"

"종료하십시오."

"이보게, 그리 쉽게 대답하면 어쩌나. 신중하게 대답해 주게."

"미국이 압박을 해도 지소미아는 종료되어야 합니다. 우린 이제 미국의 영향에서 벗어날 정도로 강한 나라가 되었습니다. 일본의 도발 이유는 군사 대국으로의 전환입니다. 우리를 쳐서 개헌의 명분을 만들고 싶어 하는 것이죠. 그런 일본을 미국이 편드는데 우리가 굴복할 이유가 없습니다."

"많은 참모들이 아직은 미국과 싸우면 안 된다고 생각하네. 미국이 우리를 배제하는 순간 경제적, 정치적으로 엄청난 타격을 받는다는 거지. 그래서 그들은 지소미아의 한시적 연장을 생각하고 있어. 일본의 태도 변화를 먼저 보자는 걸세."

"이유를 찾은 것이죠. 미국의 압박을 모른 체할 수 없으니 그런 이유를 대면서 상황을 회피하려는 것입니다. 그러다가 그 시한이 찾아오면 은근슬쩍 미국의 요구대로 따를 생각입니다. 그런 생각을 가진 사람들은 도대체 누굽니까?"

"왜 그러나?"

"세상일은 참으로 공평해서 기브 앤 테이크가 항상 존재해 왔습니다. 그런 생각을 가진 자들은 미국을 두려워하거나 미국에게 뭔가를 받은 자들입니다. 대통령님, 우리 정부의 누구라도 그런 생각을 가져서는 안 됩니다. 우린 우리만의 미래를 개척하며 살아가야 한다고 생각합니다. 그런데 아직까지 그런 사상에 젖어 살다니요. 절대 안 될 일입니다."

"그래서 자네는 지소미아를 종료하잔 말인가?"

"하십시오. 그래서 우리 대한민국이 누구의 눈치도 보지 않는 강대국이란 걸 세계에 보여줘야 합니다."

"끄응."

"뭐가 무섭습니까. 우리나라는 강력한 경제와 국방, 그리고 식량의 자급이 가능한 국가로 탈바꿈되었습니다. 걱정하지 말고 추진하십시오. 제가 물심양면으로 대통령님을 지원해 드리겠습니다."

이병웅의 강한 주장에 대통령의 눈빛이 서서히 변해갔다.

처음의 망설임은 이미 사라진 상태였다.

이병웅.

그가 지원해 준다면 두려울 게 없다.

세상에 알려져 있는 부호 순위에 존재하지 않을 뿐 그는 웬만한 국가를 통째로 살 수 있는 자본력을 가진 사람이었다.

*   *   *

전 세계가 경악할 일이 발생한 건 이병웅이 청와대에 다녀간 후 꼭 일주일이 지났을 때였다.

지소미아의 일방적 종료.

대한민국 정부는 일본 측에 경제를 위협하는 제재를 풀지 않았다는 이유로 지소미아의 파기를 선언했던 것이다.

예상과 다른 강한 반격이었다.

대부분 국가들은 대한민국이 일본 편을 드는 미국의 압박에 견디지 못하고 지소미아의 연기를 선택할 것이라 판단했지만 결과는 전혀 다른 양상으로 진행되었다.

세계는 놀랐고 대한민국 국민들은 정부의 결정에 환호를 보냈다.

이제 다시는 지지 않는다.

이것이 일본을 대하는 대한민국 국민들의 각오였다.

그동안 전 세계의 주식시장은 미국 대통령의 립 서비스에 의해 등락을 거듭하면서 끝없이 상승했다.

그 기폭제가 된 것은 미국과 중국의 무역 협상이 진척되기 시작하면서부터다.

양 국가는 무역 협상을 단계별로 나누어 추진하기로 합의했는데, 1단계 협상이 완성되어 간다는 소식이 연일 들려오며 주식시장에 날개를 달아버렸다.

레포 시장이 흔들린 것도 그때였다.

2019년 9월.

금융시장에 새 역사를 기록한 날.

레포 시장은 사모펀드나 헤지펀드, 각종 투자 관련 집단들이 은행에게 초단기로 돈을 빌리는 시장을 말한다.

통상 레포 금리는 1.5—2% 사이에서 움직였는데, 갑자기 9월 13일 레포 금리가 발작을 하면서 10%를 찍었던 것이다.

레포 금리가 폭등한다는 것은 신용경색이 일어났다는 걸 의미했고, 그냥 내버려 두면 금융 전체가 흔들리게 된다.

"뭐라고? 레포 시장이 발작을 일으켜!"

실무자의 보고를 받은 연준의장 파웰의 얼굴이 허옇게 변했다.

그는 경제전문가로 미국 대통령이 직접 의장직에 임명한 사람이었다.

성격이 온화한 것으로 널리 알려져 미국 대통령이 말 잘 듣는 사람을 의장에 앉혔다며 구설수에 올랐지만 막상 연준의장에 오른 후에는 금리인하를 요구하는 대통령에 맞서 연준의 독립 체제를 유지하는 강한 모습을 보였다.

오죽하면 미국 대통령이 그를 자르겠단 말까지 했을까.

"금리가 10%까지 치솟았습니다."

"은행들은 뭐 하고?"

"시중 대형 은행들이 전부 문을 닫아버렸습니다. 자기들도 남아 있는 돈이 없어 빌려줄 수 없답니다."

"허어."

안색이 허옇게 변한 파웰의 입에서 탄식이 쏟아져 나왔다.

기어코 우려했던 일이 벌어졌던 것이다.

거대 은행들은 돈이 들어오는 족족 국채에 투자했고 위험에 대비해 초과로 막대한 지준금을 적립하면서 유동성을 바짝 줄여놓은 상태였다.

아마, 실무자는 시중 은행들을 닦달하면서 기존 질서를 해치지 말라는 경고를 했겠지만 거대 은행들이 연준의 말을 들을 리 없었다.

은행은 그들의 이익을 위해서만 움직이기 때문이다.

레포 시장에서 금리가 폭발적으로 상승한다는 건 시중에 돈이 씨가 말랐다는 걸 의미했다.

"당장 필요한 자금이 얼만가?"

"500억 달러는 있어야 해결이 될 것 같습니다."

"미치겠군, 도대체……."

"의장님, 그것도 겨우 급한 불을 끄는 데 필요한 금액입니다. 레포 시장 안정을 위해서는 계속 자금을 주입하면서 주시할 필요성이 있습니다."

"이유는?"

"이번 발작은 법인세 납부로 인한 일시적 현상으로 보기 어렵습니다. 투자 집단들은 주가가 계속 상승하면서 풀로 대출을 끌어다가 썼고 은행들 역시 만약을 대비해서 돈을 풀지 않기 때문에 레포 시장은 상당 기간 흔들릴 가능성이 큽니다."

"미친놈들이야. 저 죽을지도 모르고 무조건 대출을 받아서 투자한단 말인가. 그건 투자가 아니야, 도박이지!"

"그자들은 제정신이 아닙니다. 돈 앞에서는 뒤를 돌아보지 않습니다. 하지만 여우들이죠, 아주 간악한."

"무슨 소린가?"

"그들은 우리를 믿는 것입니다. 그자들은 레포 시장이 발작하면 연준이 막아줄 거란 확신을 하고 있는 게 분명합니다."

"막아주지 않는다면?"

"금융시장 전체가 흔들리게 될 겁니다. 대통령이 안달을 부려 역사적 신고점을 쓰고 있는 주식시장은 마진콜로 인해 단박에 무너질 것이고 은행들 역시 위험해질 수밖에 없습니다."

"결국… 시스템에 균열이 생긴다는 뜻이군. 자네는 우리가 나서면 해결될 수 있다고 생각하나?"

"아닙니다. 급한 불은 끌 수 있겠지만 그자들의 욕심이 지속되는 한 이 사태는 절대 꺼지지 않을 것입니다."

"그래서, 자네 생각은?"

"그럼에도 지금은 막을 수밖에 없는 게 우리의 상황입니다. 죄송합니다… 의장님."

"후우… 간신히 하나를 막았더니 이렇게 또 다른 위기가 다가올 줄이야. 겨우 1조 5천억 달러를 거둬들였는데 다시 풀어야 하다니……"

의장이 한숨을 길게 내리쉬며 탁자를 향해 시선을 고정했다.

금융위기로 인해 풀어놓은 4조 4천억 중 겨우 1조 5천억을 회수했을 뿐인데 시장은 벌써 돈을 내놓으라 아우성을 치고 있었다.

연준의장.

영예로운 자리였으나 너무 힘들고 괴로웠다.

신용화폐의 마지막 주기에 들어서자 사방 천지에서 일이 터졌고 그걸 막느라 매번 잠을 설칠 정도로 힘들었다.

그럼에도 지금은 자신의 자리가 더없이 중요했기에 힘들다는 소리조차 못 했다.

과연 세상은 어떻게 진행될 것인가?

아무리, 생각해도 자신은 굵은 강철로 만들어진 올가미에 걸려든 것 같았다.

이병웅은 미국에서의 콘서트를 마치고 보름 전에 돌아왔다.

결혼을 했음에도 그의 인기는 여전했기에 미국 5대 도시의 콘서트장이 관중들로 빽빽이 들어찼다.

사람들은 그의 모든 것을 좋아했다.

좋아하는 스타의 결혼이 아쉬웠겠지만 팬들은 그의 노래를 듣기 위해 수천 리 먼 길을 마다하지 않고 달려왔다.

대한민국으로 돌아온 후 이병웅은 오랜만에 황수인과 여행을 떠났다.

일주일 동안 제주도의 올레길을 걷는 여정이었다.

산과 바다가 멋들어지게 어우러진 제주도 올레길엔 수많은 사람들이 걷고 있었는데, 모든 사람들의 얼굴엔 밝은 웃음이 담겨 있었다.

사람들은 그들을 알아봤지만 가볍게 인사만 할 뿐 다가와 귀찮게 하지 않았다.

오랫동안 지켜왔던 암묵적인 룰.

사적인 자리에서는 프라이버시를 지켜주자는 팬클럽 운동은 이제 완전히 자리 잡아 사람들은 그를 볼 때면 반가움만 표시했을 뿐 다가오지 않았다.

"오빠, 나 다리 아파요. 너무 많이 걸었나 봐."

"업어줄까?"

"힝, 그러면 좋지만 우리 신랑 힘들잖아. 우리 저기 가서 잠깐 쉬었다 가요."

황수인이 가리킨 곳은 바다가 훤히 내려다보이는 평편한 바위였다.

"참 좋다. 바닷바람이 너무 시원해."

"오늘은 뭐 먹을까?"

"그러자."

황수인의 제안에 이병웅이 빙그레 웃었다.

그녀의 의도를 단박에 눈치챘기 때문이었다.

제주도는 그들이 처음 만난 곳이었는데 분명 그녀는 처음 식사했던 그 횟집을 생각하고 있었을 것이다.

띠리링… 띠리링…….

전화벨이 요란하게 울린 건 그녀와 함께 바다를 바라보며 오손도손 이야기를 하고 있을 때였다.

이병웅은 액정에 뜬 전화번호를 확인하며 쓴웃음을 지었다.

예상은 언제나 백발백중이다.

많이 참았겠지.

어제 벌어진 일 때문에 하루 종일 고민하다가 더 이상 참지 못하고 전화를 해온 게 분명했다.

"누나, 안녕."

"미안, 그런데 너무 급해서… 지금 어디야?"

"올레길 전부 걸을 거라 말했잖아요. 지금 걷다가 잠시 쉬고 있어요."

"휴가 중에 미안한데 아무래도 병웅 씨 의견을 들어야 할 것 같아서 걸었어. 좋은 시간 갖고 있는데 미안해."

"하하… 당연히 그랬겠죠. 레포 시장 때문에 전화했죠?"

"으, 귀신."

"내가 알아보니까 한 방에 500억 달러를 지원했더군요. 그만큼 레포 시장이 불안했다는 증겁니다."

"병웅 씨, 레포 시장이 흔들린다는 건 유동성에 문제가 생겼다는 뜻이야. 금융위기 전에도 이런 일이 생겼었어."

"그때도 연준이 방어를 해줬죠."

"어쩌면 좋겠어? 시장은 레포 시장에 문제가 생겼다는 걸 알면서 계속 레츠 고를 하는 중이야. 아무래도 시장이 미쳤나 봐."

"누나, 시장은 레포 시장을 연준이 막았다는 걸 중요하게 생각해요. 더군다나 조만간 미국과 양국의 무역 협상 1단계가 완료될 거란 소식이 시장을 뜨겁게 달구고 있어요."

"그러니까, 우린 어쩌면 좋겠냐고."

"시장은 더 갈 겁니다. 금융위기 때도 레포 시장이 발작을 일으킨 후 5개월 동안 폭발적인 상승을 했거든요. 지금은 과거와 다르지만 양국이 페이스 1을 성공적으로 마무리하면 또 한 번의 거대한 상승을 기록하게 될 거예요."

"휴우, 이번엔 정말 불안한데……."

"걱정하지 말고 조금 더 지켜봐요. 철욱이하고 현수한테는 스탠바이 준비시키고."

"병웅 씨, 우리 투자금이 너무 커서 한꺼번에 뺄 수 없어. 조금씩 처분하는 건 어때?"

"아직은 아닙니다. 저 역시, 미국 시장의 거품이 점점 커지는 걸 불안하게 지켜보고 있어요. 하지만 아직은 더 참아야 된다고 생각해요. 아직, 시장에는 어떤 트리거도 보이지 않거든요."

"트리거, 그렇지. 지금까지 나온 트리거는 하나도 없지. 그놈들 빼곤 말이야."

수화기 너머에서 정설아가 순순히 수긍하는 소리가 들렸다.

이병웅은 시장을 위협하는 네 가지의 트리거를 말하면서 면밀히 주시하란 지시를 내렸었기에 그녀는 매일 그 사안들을 체크하고 있었다.

이병웅이 말한 트리거는 네 가지.

첫 번째는 미국의 투기 등급 CCC 회사채의 스프레드였다.

CCC등급 회사채는 미국의 좀비기업들로 구성되는데, 경제가 조금이라도 위험해지면 가장 먼저 부도가 나는 회사들이었다.

이병웅이 CCC등급의 회사채를 면밀하게 주시하라는 지시를 내린 이유는 단순히 좀비기업들의 부도가 위험했기 때문이 아니었다.

그것이 진짜 위험한 이유는 탐욕스러운 자들이 CLO란 파생상품을 만들어 팔아먹었기 때문이었다.

과거 금융위기 때 문제가 되었던 CDO와 비슷했는데, 그 판매 규모가 이미 CDO를 초과한 상태였기에 디폴트가 발생하면 전 세계 금융시장이 박살 날 수밖에 없었다.

두 번째는 부실 덩어리 도이치뱅크의 상황이었다.

자산 기준 세계 10대 은행 중 하나였고 파생상품을 전 세계에서 가장 많이 보유하고 있는 도이치뱅크는 숨만 겨우 붙어 있는 상태였다.

독일 정부에서 지원을 하지 않았다면 벌써 나가떨어져 여러 번 무너졌을 것이다.

세 번째는 부동산의 하락이다.

현재 한국뿐만 아니라 세계 전체의 세계 부동산 가격은 역사상 최악의 버블을 만들어낸 상태였다.

이것도 마찬가지로 버블이 꺼지는 순간 금융위기를 불러올 것이다.

네 번째는 중국이 가지고 있는 세 마리 회색코뿔소였다.

중국이 지금까지 겨우겨우 막고 있는 회색코뿔소들이 세상에 뛰쳐나오는 순간, 전 세계는 충격과 공포에 젖어 괴멸될 게 분명했다.

물론 그 외에도 수없이 많은 트리거들이 존재했지만 이병웅은 이 네 가지를 집중적으로 보고 있었다.

"누구예요?"

"응, 정 회장님."

"아… 그 언니. 그런데 그분과는 진짜 무슨 관계죠? 그분은 세계에서도 제일간다는 제우스의 회장님이잖아요."

"오래전부터 알고 지내던 사이야. 가끔 가다 안부 전화를 하곤 해."

"이야기를 들어보니까 단순한 안부 전화가 아닌 것 같은데
요?"

"회사에 문제가 있나 봐. 그래서 나한테 의견을 물어왔어."

"설마… 그렇게 높은 사람이 오빠한테 의견을 묻는다고? 제우
스엔 세계 최고의 엘리트들이 득실댄다던데 왜 하필 오빠한테
의견을 물어요?"

"내가 무척 똑똑하거든."

"헤에… 이런 자화자찬을 봤나. 오빠, 어디 가서 그러지 마요.
난 이해하지만 다른 사람들은 이해해 주지 않을 거야. 아무리
오빠라도 그러는 건 아니지."

"그런가?"

이병웅은 더 이상 자세한 이야기를 해주지 않고 웃으며 자리
에서 일어났다.

부부 사이엔 비밀이 없다고 했다.

하지만 이병웅은 그녀에게 그의 진정한 정체를 말해주지 않았
다.

아는 것보다 모르는 게 좋다는 생각이었다.

그녀는 지금 이대로 자신의 할 일을 하면서 행복하게 살아가
는 것이 어울린다.

어차피 세상에 정체를 드러내지 않기로 한 이상 그녀에게 정
체를 말해줘서 곤란하게 만들 필요가 전혀 없었다.

　　　　　*　　　　　*　　　　　*

　제주도를 떠나던 날.

　이병웅과 황수인은 공항 옆에 있는 목마 등대로 향했다.

　그와 그녀의 인연이 어긋난 곳.

　만약 그때 그녀가 기다리는 이곳에 나타났다면 훨씬 더 빨리 그녀를 얻었을지 모른다.

　아마, 그런 생각은 아련한 눈으로 목마를 바라보던 황수인도 가지고 있었던 것 같았다.

　"목마는 하나도 변하지 않았네요. 그때 정말 슬펐어. 오빠가 나오지 않아서요."

　"정말? 인터뷰하는 거 봤는데… 재미 삼아 나와본 거라고 했잖아."

　"그럼, 거기서 엉엉 울어? 그렇지 않아도 남자가 안 나와서 비련의 여주인공이 돼버렸는데?"

　"생각해 보니 그러네."

　"이씨, 그때 왜 안 나왔어. 내가 얼마나 가슴 졸이면서 기다렸는데!"

　"난 당연히 수인 씨가 안 나올 거라 생각했지. 그때 나는 무명이었고 수인 씨는 엄청 유명한 은막의 여왕이었잖아."

"흥, 정말 그런 이유 때문이었어요?"

"그림을 생각해 봐. 무명 주제에 톱스타를 만나겠다고 멀뚱멀뚱 서서 기다렸다면 사람들이 날 뭐라 생각했겠어. 주제도 모르는 바보 천치라고 생각하지 않았을까?"

"하긴……."

"우리 저기 가서 사진 찍자. 목마를 앞에 두고, 바다를 배경으로."

"좋아요."

이병웅이 목마 뒤의 방파제 끝을 가리키자 언제 그랬냐는 듯 황수인이 손뼉을 치며 뛰어갔다.

예쁘다.

40살이 다 돼가는 지금도 그녀는 열여덟 살 소녀처럼 청초하고 아름다웠으며 매력적이었다.

"위대한 미국은 그동안 세계의 안녕과 질서를 지키기 위해 최선의 노력을 경주해 왔습니다. 그러나 일부 잘사는 국가들은 우리의 그런 노력을 이용해서 미국의 살을 갉아먹고 있습니다. 그들은 이제 그만한 대가를 치러야 합니다. 미국은 물 뿌리듯 돈을 써왔던 그동안의 정책을 더 이상 지속하지 않을 것입니다."

미국 대통령의 연설 장면이 계속 이어지는 걸 보며 대통령은 눈을 질끈 감았다가 떴다.

지소미아를 종료하면서 국민들의 절대적 지지를 이끌어냈지만 미국은 노골적인 불만을 드러내며 대한민국의 행동이 동맹국 간의 신뢰를 깨뜨렸다고 성토했다.

그건 일본도 마찬가지였다.

자신들이 먼저 전쟁을 걸어와 놓고 그들은 모든 책임을 대한민국의 잘못으로 호도하고 있었다.

"결국, 저것이었나. 미국 대통령이 지칭하는 국가가 우리겠지요?"

"대통령님, 방금 전 미 국무부에서 연락이 왔습니다. 그들은 한미 방위비 협상을 다시 해야 된다며 대폭 증액을 요구했습니다."

"얼마나요?"

"그건 구체적으로 언급하지 않았지만 미국 대통령의 행동으로 봤을 때 우리가 상상하지 못한 금액을 요구할 것 같습니다."

국방부 장관의 보고를 들은 대통령의 표정이 굳어졌다.

웃기는 이야기다.

미국은 중국과 러시아를 견제하고 태평양 일대의 영향력을 증대하기 위해 대한민국에 미군을 주둔시켜 놓았다.

그러면서 매년 9천억에 달하는 주둔 비용을 받았다.

지들의 필요에 의해 주둔하면서 꼬박꼬박 돈을 받아 처먹었고 어디에 사용하는지 알려줄 생각조차 하지 않았으니 깡패나 다름없었다.

"지금 국민들은 매년 지불하는 돈이 말도 안 된다고 생각해요. 그런데 증액이라뇨. 허어, 이것 참……."

"미국 측이 방위 비용을 언급하고 나온 건 지소미아 종료와 연관이 있다고 생각합니다. 그들은 우리가 독자적으로 행동한 걸 무척이나 기분 나빠했으니까요."

"주권국가에서 주권을 행사하는 건 당연한 일입니다."

"당연한 말씀입니다. 하지만……."

"장관님, 나는 이제 더 이상 일본과 정보 교류를 하지 않을 것입니다. 정부의 명예를 걸고 추진한 일이었고 국민들의 지지가 있었습니다. 미국이 어떻게 나온다 해도 지소미아에 대한 재협상은 거론하지 마세요."

"알겠습니다."

"그들이 어떻게 나오는지 주시하고 계세요. 세부적인 요구 사항이 나오는 대로 TF팀을 꾸려서 대응하는 것으로 합시다."

대통령은 칼같이 말을 끊고 다시 화면으로 고개를 돌렸다.

여전히 화면에서는 위대한 미국 어쩌고 하면서 미국 대통령이 주먹을 불끈 처들고 있었다.

시대 상황이 험악해지면서 자국의 이기주의가 판을 치는 세상으로 변한 건 오래전 일이다.

세계경제가 점점 수축 사회로 접어들면서 확장이 줄어들자 세계 각국은 자국의 안녕과 번영을 위해 노력하는 중이었다.

그중에서 가장 활발하게 움직이는 사람이 바로 미국 대통령이었다.

세계의 중심 국가 미국.

다른 나라들은 먹고살기 위해 발버둥 치는 게 이해되지만 미국이 그러는 건 결코 받아들일 수 없는 일이다.

기축통화인 달러를 무한정 찍어낼 수 있는 미국이 자국 우선주의를 부르짖게 되면 세상이 온통 시끄러워지고 다른 나라들은 점점 곤궁에 빠지기 때문이다.

도대체 저자는 왜 그러는 걸까?

점점 미국의 행동은 도를 넘어서고 있었다.

중국에 전쟁을 걸더니 그다음엔 유럽이었고 충실한 개노릇을 하던 일본마저 관세 운운하며 시비를 걸어 뉴스가 온통 미국 대통령으로 인해 시끌벅적했다.

*　　　*　　　*

미국과 중국이 실무자 협의를 한다 어쩐다 말이 많더니 트럼프가 백악관으로 류허를 불러들여 만난 후 전격적인 발표가 이어졌다.

워낙 언론에서 떠들어댔기 때문에 엄청난 일이 발생한 줄 알았다.

하지만 막상 두 국가가 합의했다는 내용을 들어보자 저절로 하품이 나왔다.

이런, 신발 끈 같은 놈들이 있나.

중국은 500억 달러어치 농산물을 사고 미국은 10월 15일부터 부과하기로 예정되었던 2,500억 달러 추가 관세부과를 무기한 연기한다는 것이었다.

더 웃긴 건 그동안 첨예하게 맞서던 쟁점들.

예를 들면 국가보조금, 기술 탈취, 금융 개방 등에 관한 것은 어떤 언급도 없었다는 것이다.

그러나 양국의 협상자들은 차후 페이스 2, 3에서 협상해 나갈 것이고 지금은 세계경제의 침체를 막기 위해 페이스 1을 먼저 협의했다면서 위대한 결과를 이끌어냈다고 설레발을 쳤다.

이 얼마나 말도 안 되는 일이란 말인가.

세계경제 침체를 막기 위해서라면 먼저 때린 관세부터 철회하는 게 우선임에도 그들은 양국 협상의 물꼬가 터졌고 엄청난 성과가 나왔다며 자화자찬을 해대느라 정신이 없었다.

언론은 즉각 이번 협상이 미니 딜이라 평가하며 아무것도 진전된 게 없다는 사실을 보도했지만, 금융시장의 반응은 달랐다.

그동안 양국의 협상을 지켜보며 빌빌대던 주가가 폭발적인 상승세를 펼쳤는데 무역 분쟁의 위기감이 완화되었다는 게 이유였다.

"참, 재밌어. 마치 G2라는 놈들이 애들 장난질 치는 것 같아.

안 그래요?"

"이건 미니 딜도 아니야. 농산물 정도 사주는 걸로 1년 넘도록 이 지랄을 했다는 게 말이나 돼. 아무것도 없는 내용, 심지어 합의서도 작성하지 않았어."

"누나는 그들의 저의가 뭐라고 생각해요?"

"미국 대통령의 재선 때문이겠지. 미국은 강공 드라이브를 계속할 수 있는 동력을 상실했어. 중국이 의외로 강하게 버티다 보니 팜벨트가 무너졌잖아. 팜벨트의 지지를 얻기 위해서는 중국 쪽에 농산물 강매가 필요했을 거야."

"중국은요. 중국은 왜 그러는 걸까요? 중국은 지금까지 트럼프의 재선이 실패하는 쪽에 베팅을 하면서 협상을 지지부진 끌어왔는데 왜 갑자기 미국의 장단에 맞춰 춤을 춰준 걸까요?"

"나도 그게 이상해. 중국은 미국 대통령의 재선을 싫어할 텐데 왜 그랬지?

정설아가 이병웅의 질문에 대답하지 못하고 고개를 갸웃거렸다.

중국은 작년 말에 있었던 구두 협약을 깨고 농산물을 구매하지 않으면서 미국 대통령의 지지율을 급락하게 만들었다.

그런 그들이 미국 농산물을 500억 달러어치나 사겠다며 협상에 응했다는 건 뭔가 상황이 변했다는 걸 의미했다.

"아무래도 내가 봤을 때 중국의 경제전문가들은 세계경제가 위기에 빠질 거라고 확신하는 것 같아요. 미중 무역 협상과 상관 없이 그 이전부터 유럽과 일본, 그리고 중국은 내리막길을 걷고 있는 상태였어요. 중국에는 세 마리 회색코뿔소가 있는데 그 회색코뿔소들이 코앞까지 다가온 상태에요. 지방은행 상위 4개가 이미 디폴트에 빠져 정부에서 인수한 상태고 기업들이 하루에도 백여 개씩 부도나고 있거든요. 더군다나, 부동산의 하락을 막기 위해 매매조차 막고 있을 정도로 어려워요."

"병웅 씨는 중국이 더 이상 버틸 수 없는 상황이었다고 생각하는 거구나?"

"중국 정부가 가장 두려워하는 것은 외국자본의 유출이죠. 미국의 관세부과에 맞서 포치를 허락했던 중국 정부는 다시 환율을 7에 근접시키고 있어요. 환율이 더 올라가면 외국자본이 빠져나가는 게 두렵기 때문이에요. 만약 이런 상태에서 외국자본이 본격적으로 이탈한다면 중국은 금융위기에 직면할 수 있어요."

"에이… 그래도 그렇지. 3조 달러가 넘는 외환보유액이 있는데 설마 금융위기가 오겠어?"

정설아가 고개를 마구 저었다.

이병웅의 말이라면 팥으로 메주를 쑨대도 믿었지만 중국이 금융위기에 직면한다는 건 도무지 받아들이기 힘들었다.

중국이 보유한 달러의 양은 세계에서 가장 많았기 때문이다.

"중국은 현재 국채 및 회사채를 포함해서 약 1조 5천억 달러의 외채를 보유하고 있어요. 전문가들은 금융시장과 부동산에 들어와 있는 자금도 그 이상이라 추측하더군요. 중국의 기업들은 주로 6개월 이하 단기채를 쓰기 때문에 우리나라보다 훨씬 달러의 회전이 빨라요. 내년 상반기에 중국 기업들이 갚아야 할 달러 외채는 86억 달러에 달하는데 빚 갚을 능력이 있는 기업은 반도 되지 않아요. 이런 와중에 금융시장에서 외국자본이 빠져나간다면 어떻게 될까요?"

"병웅 씨는 그래서 중국이 적극적으로 협상에 임한다는 거야? 어떡하든 망하는 걸 막아보려고?"

"그런 이유도 있지만, 진짜 이유는 따로 있어요."

의외의 대답에 정설아의 얼굴이 일그러졌다.

이번에도 뒤통수다.

이병웅은 한쪽으로 생각하게 만들어놓고 전혀 다른 결과물을 만들어내 사람을 환장하게 만든다.

"아우, 답답해. 빨리 말해봐. 궁금해 죽겠어."

"아까 잠깐 말했던 것처럼 중국의 브레인들은 곧 세계경제가 위기에 처한단 사실을 예측한 것 같아요. 그래서 적극적으로 협상에 임하는 체하는 겁니다."

"그거하고, 이번 협상하고 무슨 상관이 있어. 난 아직 이해가 안 돼."

"중국은 이미 새로운 세계를 설계하고 있는 것으로 추정됩니다."

"새로운 세계?"

"그래요. 새로운 세계. 그들은 최근 블록체인을 활용한 암호화폐가 완성되었다고 발표했죠. 중국이 최근 몇 년 동안 막대한 금을 쓸어 담았다는 거 누나도 잘 알잖아요."

"설마 그게… 정말 그런 일이 벌어질까?"

"현재 금의 보유량은 통계상으로 미국이 가장 많은 것으로 알려져 있지만 그 누구도 확인한 적이 없어요. 그러나 중국은 최근까지 엄청난 양의 금을 공공연하게 매집했고, 국민들이 보유한 금도 대단하죠. 이런 상황에서 만약 금본위제가 본격적으로 수면 위로 떠오른다면 미국이 중국의 상대가 될까요?"

"끄응, 진짜 미국에 금이 없다면 결국 달러의 패권이 무너진다는 거네."

"그래서 중국이 협상에 적극적으로 임하는 것처럼 행동하는 거라고 생각해요. 세계적인 경제 침체가 자신들로 인한 것이 아니라 미국의 아집과 독선 때문에 발생했다는 걸 주장하기 위해서."

"미국이 다시 양적완화를 시작하는 걸 보면서 전략을 바꿨다?"

"빙고."

"휴우… 복잡해. 세상에는 정말 머리 좋은 사람들이 많은가 봐."

"새로운 금융시스템에서 명실공히 G1이 되기 위한 치밀한 포석. 그때가 되면 기축통화, 달러를 상실한 미국은 중국의 상대가 되지 못할 거예요. 미국은 달러를 마구 찍어 공짜로 물건을 사왔기 때문에 제조업이 망가질 대로 망가진 상태거든요. 반면에 중국은 세계경제의 엔진 역할을 20여 년간 충실히 해오며 막강한 힘을 키워왔어요. 이런 상태에서 새로운 금융시스템이 도입된다고 생각해 봐요. 더군다나 미국은 달러패권을 쥔 채 수많은 국가와 금융 및 무역 분쟁을 일으켜 적대감을 키웠기 때문에 존경받던 미국은 사라진 지 오래죠."

정설아는 이병웅의 설명을 들으며 양손으로 어깨를 마구 쓰다듬었다.

듣다 보니 점점 소름이 끼쳤기 때문이었다.

충분히 말이 된다.

다음번 양적완화는 화폐를 쓰레기로 만들 정도로 거대할 테니 달러는 기축통화의 권좌를 자연스럽게 잃어버릴 것이다.

인터넷에 쳐보면 금본위제에 관한 수많은 정보가 쏟아진다.

차후의 금융시스템은 절대 신용을 근간으로 하지 않을 것이기 때문에 금본위제는 가장 유력한 통화 수단이었다.

"그래서 중국이 일대일로란 수단을 써가며 많은 국가들과 우호적인 관계를 맺어온 거구나. 그렇지?"

"맞아요. 자신들의 우군을 만들기 위해 막대한 돈을 쏟아부었죠."

"정말 미국이 무너질까? 걔들 군사력은 최고잖아?"

"미국 연준은 이미 단기채권 시장에서 양적완화를 시작했어요. 이건 본격적인 양적완화가 곧 이뤄진다는 증거고 사실 다른 수단도 없기 때문에 어쩔 수 없어요. 연준이 다시 본격적인 양적완화를 한 순간 신용화폐의 목숨은 카운터 다운이 시작됐어요. 군사력? 그런 상황이 되면 군사력은 아무 쓸모가 없게 돼요. 전쟁은 공멸뿐이라는 걸 그들도 잘 알고 있으니까."

"그럼 우린 어떡하지? 달러가 쓰레기가 되면 우리가 보유한 자금들은 아무짝에도 쓸모없게 되잖아."

"다음 달부터 한 달 단위로 20%씩 모든 주식을 처분하세요. 우리나라 거만 빼고."

"정말?"

"본격적인 양적완화는 분명 어떤 트리거가 발생해서 경제가 침몰한 후 시행될 겁니다. 그런 후 금융시장은 무차별적으로 찍어내는 화폐로 인해 엄청난 상승을 하게 되겠죠."

"경제 침체가 오면 강력한 디플레이션이 발생할 거야. 그렇다면 실물자산을 사야 된다는 뜻이지?"

"역시 우리 누나는 머리가 똑똑해. 그래서 너무 좋아."

"호호… 고마워."

"예전처럼 주식을 정리하고 채권을 사들이세요. 무슨 말인 줄 알죠?"

"침체에서 국채는 무적이지. 디플레이션이 시작되면 채권값은 뛸 테고 각종 부동산과 주식은 박살 날 거야. 그때 부동산을 사들이면 돼."

"우리가 지닌 막대한 자금으로 강력한 디플레이션이 발생하면 전 세계 심장부의 빌딩들을 매입하세요. 그때가 되면 시체가 넘칠 테니까."

"오케이."

"이번엔 우리가 양털 깎기를 하는 겁니다. 세계를 상대로 동시에!"

"본격적인 양적완화가 시행되면 주식시장은 지금과는 상대가 되지 않을 만큼 폭발하게 될 거야. 그런 시장을 그냥 버릴 생각이야?"

"미친 듯 상승하겠죠. 하지만 신용화폐가 쓰레기가 된다면 그런 상승은 의미 없게 됩니다. 그러니 우린 계획대로 부동산이나 쓸어 담자고요. 차후의 금융시스템이 탄생하면 우리가 쓸어 담은 부동산은 황금알을 낳는 거위가 될 겁니다."

*　　　　*　　　　*

"얼마요?"

"6조를 원하고 있습니다. 그야말로 미친 자들입니다."

"기가 막히군. 그게 미국 대통령의 뜻이랍니까?"

"아무래도 그런 것 같습니다. 그들은 전 세계에 퍼져 있는 주둔군을 이용해 돈을 벌겠다는 생각을 가진 게 틀림없습니다."

"재밌는 자들이군. 9천억도 많다고 아우성인데 거기에 7배를 더 내놓으라고?"

"미군의 월급과 훈련 비용까지 전부 청구하는 겁니다. 물론 그런 것까지 전부 감안한다 하더라도 말이 안 되는 금액이고요."

국방부 장관의 설명에 대통령의 얼굴이 점점 굳어져 갔다.

6조를 매년 내놓으라는 미국의 압박은 동맹이라 여겼던 대한민국의 뒤통수를 야구방망이로 두들긴 것이나 다름없었다.

6조란 금액은 이지스함을 5척이나 건조할 수 있고 F-35 전투기를 60대나 구입할 수 있으며 현무 미사일을 3,000기나 제작할 수 있는 돈이다.

그걸 매년 내놓으란다.

"일단 내지르고 보는 거 아닙니까?"

"그럴 수도 있습니다."

"크게 불러놓고 협상을 하면서 점차 줄여 나가는 전략이겠군요?"

"대통령님, 그런데 이자들의 어투가 매우 강경합니다. 저 역시 그런 판단을 했지만 아무래도 이번엔 최대한 받아내겠단 생각을 한 것 같습니다."

"후우… 도대체 미국 대통령이 무슨 생각을 하고 있는지 모르겠군. 아직 언론에는 안 나갔죠?"

"아직 국내 언론은… 하지만 미국 쪽 언론은 벌써 그런 기미를 눈치채고 보도를 시작했습니다. 조만간 우리 언론들도 이 사실을 알게 될 겁니다."

"골치 아파지겠군요. 우리 쪽 의견은?"

"우리 쪽 전략은 기존 지불금에서 한 치도 물러서지 않는 것입니다. 국민들이 불만을 터뜨리는 게 충분히 이유가 있습니다. 9천억이란 돈도 많습니다. 그걸로 그자들은 별짓을 다 하고도 돈이 남아 본국으로 송금한 것으로 추정됩니다."

"일단은 가는 데까지 가봅시다. 그자들이 어디까지 요구할지 시간을 끌면서 확인해 보는 게 좋겠어요."

"알겠습니다."

*　　　　*　　　　*

주한미군의 주둔 비용을 미국 쪽에서 6조 원이나 요구했다는 사실이 언론을 통해 알려지자 국민들이 벌 떼처럼 일어섰다.

지금 대한민국 국민들은 예전과 다르게 똑똑했고 현명했으며 인터넷을 언제든지 활용할 수 있기 때문에 정보력도 세계 최강이었다.

"뭐, 이런 개자식들이 다 있어. 기가 막혀서 말이 안 나오네."

"강도가 따로 없군. 아무래도 미국 대통령, 이 새끼는 미친놈 같다."

"오죽하면 생또라이라고 부르겠냐!"

조영물산의 영업 3팀장 임송권이 어이없다는 얼굴로 중얼거리자 2팀장 박성민이 소리를 버럭 질렀다.

생각할수록 열이 받아 견딜 수 없었기 때문이다.

최근 1년 동안 얼마나 많은 일이 벌어졌는지 모른다.

미국 대통령 하나로 인해 세상이 몇 번이나 뒤집혔고 그로 인해 조영물산은 수출 전선에 이상이 생겨 매출액이 20%나 감소한 상태였다.

이대로라면 이번 연말 보너스는 물 건너간 것이나 다름없었다.

"중국을 졸라게 때리다가 말도 안 되는 협상을 해서 끝내더니 이젠 우리 차례야?"

"신문을 보니까 미군 주둔 비용 협상 1빠따가 우리라더라. 그래서 미국 놈들은 우리를 최대한 우려먹을 생각이래."

"누구 맘대로. 씨발 놈들이 지금 장난쳐? 매년 6조를 내놓으라니. 그게 말이야, 방구야!"

"협상이 완료되기 전까지 합동훈련도 안 한다잖아. 북한 이 새끼들은 짜기라도 한 것처럼 미사일이나 쏴대고. 하아… 이러다가 큰일 나는 거 아닌지 모르겠어."

"큰일? 큰일 뭐?"

"돈 안 준다면 철수한다잖냐."

"그게 큰일이야?"

"그럼 큰일이지. 주한미군이 지금까지 우리나라를 지켜줘서 전쟁이 억제되었는데 미국이 철수해 봐. 전쟁 가능성이 커져서 어쩌면 우리나라에 들어온 외국자본들이 전부 빠져나갈 수 있어. 그럼 우린 망하는 거라고."

"웃기고 자빠졌네. 야, 박 팀장, 우리나라가 6.25 전쟁 때처럼 형편없는 줄 알아? 이 자식아, 우리나라 군사력이 세계 4위다. 북한 놈들은 저기 까마득하게 보이지도 않아. 오죽하면 전쟁이 벌어지면 일본이 3일 만에 작살난다고 하겠냐. 우리나라는 강해. 미군이 없어도 북한 정도는 충분히 이겨!"

"하아, 단순한 놈. 전쟁에서 이기고 지는 게 문제가 아니라고 했잖아. 그건 우리 생각이고 외국자본이 다 빠져나가면 어쩔래. 너 이 자식아, 주식 가지고 있잖아. 미군 철수하면 주식시장 박살 날 텐데 그래도 좋아?"

"에잇, 설마 그러겠어?"

"설마가 사람 잡는다. 지금 국민들은 성질나니까 막 들이대는데 상황이 그리 간단하지 않아요."

"그래도 6조는 절대 안 돼. 우리가 봉이냐. 주둔 비용을 7배나 주게. 아우, 씨발. 생각할수록 열받네."

임송권이 뜨거운 김을 쏟아내며 씩씩댔다.

주식시장이 문제가 생겨 얼마간의 돈을 손해 본다 해도 이건 아니다.

대한민국이 힘없었을 때는 미군의 주둔이 든든했지만 이젠 스스로도 충분히 지킬 힘이 있는 이상, 미국의 터무니없는 요구를 듣자 오장육부가 다 뒤틀렸다.

*　　　　　*　　　　　*

'미국의 무리한 요구, 과연 우리의 선택은?'

'동맹국을 향해 총부리를 겨누다. 미국은 우방인가, 장사꾼인가!'

대한민국의 언론들이 들끓기 시작했다.

그만큼 미국의 요구는 대한민국 국민들의 심장에 불을 질러놓기에 충분했다.

"이것들이 그동안 얼마나 도와줬는데 그 정도 요구에 펄펄 뛰는 거야?"

"아직 뜨거운 맛을 보지 못해서 그렇습니다."

"한국 정부에서는 아직도 소식이 없나?"

"놈들은 1차 협상 때와 여전히 같은 입장을 반복하고 있습니다. 기존 지불금에서 한 푼도 올려주지 못한다는 겁니다."

"죽고 싶어 환장한 놈들이군. 감히 미국의 요구를 우습게 들었단 거로군."

"본국에서 연락이 왔습니다. 대사님께서 청와대에 들어가 미국 정부의 의지를 정확하게 전달하란 지시입니다. 본국에서는 한국이 협상조차 응하지 않은 것에 대해 무척 분개하고 있습니다."

"연락 넣어. 내가 오후에 들어갈 테니 기다리라고 해."

"상대는 누구로 할까요?"

"안보수석. 그놈에게 얘기하면 대통령에게 곧장 들어갈 테지."

"알겠습니다. 준비하겠습니다."

미국 대사 윌리엄 테리가 청와대를 방문한 것은 오후 3시 무렵이었다.

당당한 모습.

그는 청와대가 자기 안방이나 되는 양 들어섰는데, 그런 그를 안보수석 정준교가 맞아들였다.

"어서 오십시오."

"한국 언론이 상당히 시끄럽더군요. 이거 혹시 한국 정부에서 조장하고 있는 거 아닙니까?"

"요즘 우리 국민들은 정부가 시킨다고 해서 무작정 따르지 않습니다. 워낙 민감한 사안이라 국민들의 반감이 심할 뿐이죠. 일단 들어가십시다. 차나 마시며 이야기를 나누시죠."

오자마자 거지 같은 소리를 지껄이는 윌리엄을 안내해서 별관으로 들어선 정준교가 인삼차를 내놓으며 차분한 목소리로 입을 열었다.

"대사님, 이번 일은 아무래도 미국 정부에서 무리를 한 것 같습니다. 저희가 알기로 미국 언론에서조차 적절하지 않다는 논평을 내고 있잖습니까?"

"그건 그놈들이 전부 민주당 편이라서 그렇소. 한국도 정부와 반대편에 있는 언론들은 그런 짓을 늘 하는 걸로 아는데?"

"허허······."

윌리엄 테리의 반격에 정준교가 어이없다는 듯 허탈하게 웃었다.

놈의 태도에서 이번 방문이 결코 호의적이지 않다는 것을 느꼈기 때문이었다.

"우리 대통령께서 말씀하신 것처럼 한국은 지난 50년 동안 거의 무상으로 미국의 보호를 받아왔습니다. 그 시간 동안 합동훈련이다 뭐다 하면서 미국이 쓴 돈이 천문학적이오. 수석께서는 B—52 폭격기가 날아올 때마다 얼마나 드는지 아시오?"

"글쎄요?"

"5백만 달럽니다. 우리 미국은 B—52 폭격기를 비롯해서 핵잠수함, 항공모함 등 전략무기들을 매년 6, 7차례 한반도에 전개시키며 약 1조 달러를 쓰고 있단 말입니다!"

이 새끼 미쳤나?

정준교가 입에 거품을 물고 있는 윌리엄 테리를 바라보며 안경을 만졌다.

성질 같아서는 아가리를 한 대 날리고 싶은 걸 간신히 참았지만, 속에서는 화가 부글부글 끓어올랐다.

B—52 폭격기를 비롯한 전략무기들은 대한민국을 위해 온 것이 아니라 남중국해와 동중국해 등을 비행하면서 한반도 주변을 둘러 갔을 뿐이다.

어디 그뿐이랴.

이놈이 말하는 1조 안에는 전략무기 운용 비용 외에도 인건비와 수당을 기존보다 대폭 늘렸고, 미국 본토의 지원부대 인건비 등 간접 항목을 3배 이상 부풀린 것이었다.

"어떠시오. 이래도 우리의 요구가 부당하단 말입니까. 내가 봤을 때 6조는 충분히 타당한 금액입니다."

"대사님 말씀 알아들었습니다. 하지만 우리는 내부 회의 결과 현재의 금액도 과다하단 결론을 내렸습니다. 따라서 미국의 요구는 받아들이기 힘든 상황입니다."

"힘들다고요?"

"그렇습니다."

"만약 한국이 우리의 요구를 묵살했을 때 벌어질 일은 생각해보셨소?"

"주둔 비용으로 인한 마찰은 양국이 원만하게 해결하면 충분히 합의될 것이라 생각합니다. 그것 때문에 양국의 관계가 최악으로 가면 안 되겠죠."

"우리는 이번 방위비를 반드시 관철시킬 생각입니다. 우리의 요구가 받아들여지지 않으면 우린 최악의 선택을 하게 될 것이오."

"최악의 선택이라뇨?"

"미군 철수를 비롯해서 경제제재를 포함한 모든 방안을 동원한다면 어쩌시겠소?"

월리엄 테리가 비릿한 웃음을 흘리며 말을 끊었다.

그는 마치 황제의 칙서를 가지고 온 사신처럼 거만한 모습으로 의자에 등을 깊게 묻으며 대답을 기다렸다.

안보수석 정준교의 입꼬리가 올라간 건 월리엄 테리가 의자에 등을 댄 것도 모자라 한쪽 다리를 꼬았을 때였다.

"이보시오, 대사. 당신은 우리가 우습게 보입니까?"

"지금 뭐라고 했소?"

"주한미군을 철수하겠다고? 어디 해보시오. 보자 보자 하니까 우리가 보자기로 보이는 모양이지? 미국이 한반도에 주둔하는 이유가 한반도의 평화 때문이야, 아니면 중국과 러시아를 견제해서 태평양의 패권을 유지하기 위함이야?"

"으… 이 미친 자가!"

"다른 목적으로 와 있으면 얌전히 주는 돈이나 받아 처먹고 있어야지 왜 잠자는 사자의 코털을 건드리는 겁니까. 경제제재? 웃기고 자빠졌네."

"당신 말 다 했어?"

"아직 많이 남았지만 이쯤에서 그만두죠. 그러니 대사, 돌아가서 우리 정부의 입장을 정확하게 본국에 보고하세요."

갑자기 인상을 쓰고 악다구니를 쓰던 정준교가 언제 그랬냐는 듯 예전의 그 얌전했던 모습으로 돌아가자 윌리엄 테리가 황당함을 숨기지 못하며 주변을 둘러봤다.

회의실에는 오직 두 사람뿐이었으니 정준교의 막가파적인 행동을 확인해 줄 사람은 오직 자신뿐이었다.

"당신, 아무도 없다고 함부로 지껄인 모양인데 그렇다고 해서 결과가 바뀌지는 않아. 좋아, 한국 정부의 방침이 그렇게 정해졌다면 할 수 없지. 하지만 말이야, 내 말이 빈총이 아니라는 걸 곧 알게 될 거요."

"마음대로 해보시오."

"우리가 수출 국가인 한국을 제재하게 되면 체력이 약한 한국은 석 달조차 버티지 못할 겁니다. 거기에 미국뿐만 아니라 우리 쪽 동맹인 유럽과 일본 자금이 동시에 빠져나간다면 금융시장도 붕괴되겠지. 당신들은 IMF 때보다 훨씬 괴롭고 힘든 시간을 보내게 될 거요. 그깟 6조 아끼려다 나라 전체가 거덜 난단 말이지."

"알았으니까 돌아가십시오. 우리 일은 우리가 알아서 하죠."

"정말 상종 못 할 사람이군. 당신과는 도저히 대화가 안 되니 대통령을 만나야겠어. 나를 대통령한테 안내하시오!"

윌리엄 테리가 자리에서 벌떡 일어나며 소리를 쳤다.

그러자 정준교의 표정이 서서히 다시 일그러지며 스산한 음성이 새어 나왔다.

"이봐, 윌리엄. 우리나라 대통령님이 당신이 만나고 싶으면 만날 수 있는 사람인 줄 알아?"

"한국 대통령이 얼마나 대단해서? 동맹, 동맹 하니까 한국과 우리가 동등한 수준에 있는 걸로 착각하는데, 한국은 우리가 원조해서 겨우 살아난 나라에 불과해. 우리가 당신네들 은인이란 말이야. 그런데 그런 나라의 대통령이 뭐가 대단하다고 내가 못 만난단 말이지?"

"당신 눈에는 아직도 우리가 그 옛날 초콜릿 얻어먹던 나란 줄 착각하는 모양인데 그런 눈으로 어떻게 일국의 대사직을 맡았나 모르겠구먼. 철군을 하고 경제제재를 한다고? 어디 해봐,

하나도 안 무서우니까 해보라고."

"으, 이자가 정말……."

"미국이 정말 그런 짓을 하면 우리가 어떻게 할 것 같나. 세계 경제 순위 3위, 군사력 4위의 강대국이 미국을 버리고 중국, 러시아와 손을 잡는다면 어떨 것 같아? 당신네 미국이 군사력과 경제력 전부 1위지만 2, 3, 4위가 손을 잡으면 아마 만만치 않을 걸!"

정준교의 일갈을 들은 윌리엄 테리의 얼굴이 시꺼멓게 죽었다.

전혀 생각지도 못했던 말이 안보수석이란 자의 입에서 나왔기 때문이었다.

자신은 물론이고 본국조차도 지금 정준교가 말한 내용은 생각조차 못 했던 것이었다.

만약.

정말 그런 상황까지 몰리게 된다면 태평양의 패권은 영원히 미국 손을 떠나게 될지도 모른다.

그랬기에 그는 당당했던 태도를 버리고 더듬거리는 말투로 간신히 입을 열었다.

"정 수석님, 대화를 나누다 보니 서로의 감정이 조금 격해진 것 같습니다. 자, 앉아서 우리 천천히 대화를 나눠보시죠. 미국과 한국은 영원한 동맹인데 방위비 문제 정도로 척을 져서야 되겠습니까."

*　　　　*　　　　*

대한민국의 강력한 대응.

방위금 분담에 대한 정부의 대응은 강력했고 국민들의 지지
도 열화와 같았다.

당황한 것은 오히려 미국이었다.

예전에는 이 정도 압박이었다면 최소 100% 이상 증액을 받아
냈을 텐데 이번엔 씨알도 먹히지 않았다.

"대사님, 국무부 장관이 직접 날아온다고 합니다."

"미치겠군."

윌리엄 테리가 보고를 받은 후 한숨을 길게 흘렸다.

국무부 장관이 한국까지 직접 날아온다는 건 미국 대통령의
의지가 그만큼 강하다는 걸 의미했기 때문이었다.

사업가 출신이라 협상에는 달인이란 평가를 받는다.

그랬기에 중국과의 경제 전쟁에서 현재까지 많은 것을 얻어내
며 선전하고 있었지만 한국과의 문제는 단순한 경제문제를 떠나
태평양의 패권이 달려 있는 일이었다.

"그 양반, 포기를 몰라. 무조건 밀어붙이면 된다고 생각한단
말이지. 내가 안보수석을 만나고 나서 직접 통화까지 했는데 고

집불통이야."

"일단, 국무부 장관이 건너오면 다시 상의해 보시죠. 그 양반은 꽤 이성적인 사람이니까 대화가 될 겁니다."

"그래야겠지. 국내 언론과 민주당의 공세가 만만치 않아. 이번 건은 다시 고려할 필요가 있어."

국무부 장관 폼페이오가 날아온 것은 12월 초였다.

그를 마중 나간 윌리엄 테리가 손을 내밀자 폼페이오가 반갑게 악수하면서 그의 등을 두들겼다.

"수고가 많았다면서요?"

"이리저리 뛰어다녔지만 해결된 건 하나도 없어요. 한국 놈들이 이번엔 작정한 것 같습니다."

"세컨드 전략은요?"

"그것도 먹히지 않아요. 이제 우리 쪽 무기 구입을 하지 않겠다고 합니다. 전략무기 외에는 필요가 없다는군요."

"개발하는 무기들 때문에 그렇겠죠. 그자들이 개발을 완료한 무기들이 성능 면에서 상당히 좋다고 들었어요."

"아시겠지만 내년 초에 스텔스기인 KFX—5가 생산된다고 합니다. 더군다나 이놈들은 이지스함까지 5척이나 건조하고 있어요. 항공모함만 없을 뿐 지금 당장 중국과 붙어도 승부를 알 수 없는 전력을 구축하고 있습니다."

"한국이 이렇게 클 줄은 정말 몰랐어요. 어떻게 불과 10년 만에 이 정도로 변할 수 있단 말입니까?"

"갤럭시 때문입니다. 4차 산업을 선도하고 있는 갤럭시가 한국의 과학 분야를 이끌면서 비약적인 발전을 하고 있어요."

"휴우, 우리 쪽이 내미는 카드를 전혀 받지 않는다면 대통령의 체면이 손상됩니다. 어떡하든 다른 나라들에게 체면치레할 수 있는 결과를 도출해 내야 돼요."

"그건 그런데 워낙 완강하게 버티고 있어서……."

"제 스케줄은 이상 없죠?"

"국방부 장관과 안보수석의 연석회의를 준비해 두었습니다. 혹시… 가져온 전략을 저에게 말씀해 주실 수 있겠습니까?"

"그건, 천천히 말씀드리죠."

*   *   *

폼페이오가 국방부 장관 이세창을 만난 것은 입국 후 이틀이 지났을 때였다.

그는 귀빈 대접을 받으며 국방부의 브리핑실로 들어섰는데 한미 연합작전에 대한 간단한 브리핑을 받았다.

물론 격식에 지나지 않다.

여기에 앉아 있는 사람들은 전부 폼페이오가 무엇 때문에 왔는지 잘 알고 있었기 때문에 브리핑이 진행되었지만 집중하지는 않았다.

이윽고, 브리핑이 모두 끝나자 국방부 장관이 폼페이오를 자신의 집무실로 안내했다.

본국에서 국무부 장관이 직접 날아왔다는 것은 그동안 세 차례나 진행되었던 실무협상과 다른 카드를 가지고 왔다는 뜻이다.

"장관님, 한국의 군사력이 급격히 증가되고 있다는 보고를 받았습니다. 스텔스기와 이지스함을 완전 자체 기술로 생산하는 나라는 한 손에 꼽을 정도죠. 비약적인 발전, 축하드립니다."

"감사합니다."

"이미 짐작하셨겠지만 제가 직접 한국으로 날아온 이유는 방위비 협상 때문입니다. 그동안 여러 차례 실무협상을 하면서 우리 미국은 코너에 몰린 상황입니다. 한국 쪽에는 반미 정서가 타오르는 중이고 미국 언론도 동맹국에게 장사를 한다는 비난을 하고 있어요. 저희 대통령님이 무척이나 곤혹스러운 상탭니다."

"알고 있습니다. 그러나 지금 벌어지고 있는 일들은 미국이 무리한 요구를 하면서 발생한 것입니다."

"그렇죠. 그 말씀 하실 줄 알았습니다. 당연히 저도 무리한 요구였다는 거 인정합니다. 하지만 저희 대통령의 생각도 한편으로는 일리가 있다는 것을 이해해 주시기 바랍니다."

점잖은 폼페이오가 조곤조곤 말을 하자 이세창 장관의 표정도 슬쩍 풀렸다.

대화의 기본은 자신의 잘못을 인정하는 것에서부터 출발하는 것이다.

"한국 측에서는 기존의 방위비 분담액에서 한 푼도 올려주지 못한다고 들었습니다. 한국의 입장에서는 당연한 일일 겁니다. 국민들이 지금까지 지불한 금액도 반대한다던데 7배를 올려주는 건 힘든 일이겠죠."

"정확하게 짚으셨습니다."

"그래서 말인데요. 우리 조금씩 양보하는 게 어떻겠습니까?"

"뭘 양보하란 말이죠?"

"방위비 분담 문제는 세계 최강국 미국 대통령이 전 국민 앞에서 이야기한 것이라 아무런 성과 없이 끝난다면 저희 대통령은 국민들한테 얼굴을 들 수 없게 됩니다. 그러니, 일정 금액이라도 올려주는 선에서 끝내도록 힘써주십시오."

"일정 금액이라면 얼마를 말씀하시는 겁니까?"

"100% 인상 정도면 적당하지 않을까요?"

"그럴 수는 없습니다."

폼페이오의 제안을 받은 이세창 장관이 입술을 지그시 깨물었다.

신사답게 나왔기에 신사처럼 대해줬으나 이자는 마치 자신을 세 살짜리 꼬마로 여기는 것 같았다.

그랬기에 그의 답변은 완강함을 넘어 차가움까지 뿜어냈다.

"제가 이렇게 부탁해도 안 되겠습니까?"

"아무런 근거도 없이 방위비 분담액을 올릴 수 없습니다. 미국은 지금까지 방위비 분담액 상승에 대한 어떤 근거도 대지 못하고 있습니다. 그런 상황에서 어떻게 100%나 되는 금액을 올려줄 수 있단 말입니까!"

"참, 난감하군요. 그렇다면 근거만 가져오면 될까요?"

"어떤 근거도 우리 국민들을 설득시키지 못할 것입니다. 지금 지불하고 있는 9천억조차 돈이 남아돌아 미국으로 송금 중이란 걸 전 국민이 알고 있단 말입니다."

"끄응……."

정곡을 찔렀으니 할 말이 없다.

저절로 신음 소리가 나왔고 한숨이 길게 흘렀다.

그동안 한 번도 방위비에 대한 사용 내역을 한국에 제시하지 않았으나 세계 최고의 과학력과 자본력을 가진 자들이 그 정도를 추정하지 못한다는 건 말이 안 된다.

"장관님, 우리 미국과 한국은 수십 년간 우의를 다져온 동맹국입니다. 그런 나라들이 그까짓 방위비 때문에 상대 대통령에게 수모를 줘야 되겠습니까?"

"재밌는 말씀을 하시는군요. 먼저 수모를 준 건 미국 쪽이죠. 우리를 동맹국으로 여겼다면 이런 짓을 절대 벌일 수 없어요. 더군다나 솔직히 말해서 우린 미군 주둔이 더 이상 필요 없는 상황입니다. 그런 상황에서 주둔 비용까지 부담할 이유가 없어요."

다시 한번 정곡을 찔렀다.

이세창 장관의 말은 바늘로 가슴을 찌르는 것처럼 뜨끔했다.

군사력 세계 4위의 군사 대국, 대한민국은 그 어떤 독자적인 전쟁에서도 쉽게 패배하지 않는 전력을 보유하고 있었다.

미국이 방위비 분담액을 요구하면서 쉽게 철군을 입 밖으로 꺼내지 못하는 건 한국을 지켜준다는 목적보다 태평양 패권을 놓지 않으려는 미국의 전략 때문이었다.

그럼에도 폼페이오는 천천히 차를 마신 후 다시 입을 열었다.

자신이 온 이상 어떤 일이 있어도 결과를 가져가야 한다.

이번에 자신마저 결과를 만들어내지 못한다면 미국은 전 세계의 웃음거리가 될 공산이 컸다.

그렇다고 파국을 내지도 못한다.

이미 여러 차례 경고했듯이 대한민국이 미국의 품에서 빠져나가 반대편에 선다면 진짜 큰일이었다.

"휴우, 방법이 전혀 없겠습니까?"

"있습니다."

"그게 뭐죠?"

"5년간 총 300%를 올려 드리겠습니다. 대신 미사일의 고체연료 사용 제약과 제한 거리를 풀어주십시오."

"그건……"

폼페이오가 입을 떡 벌리며 대답을 하지 못했다.

이세창 장관이 요구한 것은 한국의 ICBM 보유를 의미하는 것이었다.

현재 한국이 만들어낸 현무—5는 액체연료를 사용했음에도 사거리가 5,000㎞에 달한다.

만약, 꽁꽁 묶어두었던 고체연료 사용 제한을 풀어준다면 한국은 1년 안에 ICBM을 보유하게 될 것이다.

"어차피, 대한민국은 미국의 영원한 우방이며 동맹국입니다. 그런 우리에게 굳이 고체연료 사용 제약을 유지할 이유가 없습니다. 우리가 선물을 드릴 테니 미국도 우리 쪽에 선물을 하나 주십시오."

"그건 저한테 결정권이 없습니다. 대통령과 상의할 문제입니다."

"그렇다면 상의하고 알려주십시오. 저희는 고체연료 사용 제약만 풀어준다면 협상에 응하겠습니다."

*   *   *

강력하게 대응하던 대한민국이 빠르게 협상을 진행해서 5년간 300%의 방위비 분담액을 올려주자 국민들이 발칵 뒤집혔다.

상당수의 시민 단체가 길거리로 몰려나와 미국과 정부를 성토했으며 인터넷은 그로 인해 난상토의가 벌어졌다.

미국의 압박에 국가의 자존심을 뭉개 버린 현 정부의 비굴함이 민족의 정신을 더럽혔다는 것이 첫 번째요, 군사력 4위라는 타이틀을 가지고도 당당히 미군의 철수를 요청하지 못한 채 돈을 지불했다는 것이 두 번째였다.

국민들의 눈에 담긴 분노는 대단했다.

최근 10년 동안 무섭게 성장한 경제력과 군사력은 국민 전체에게 대단한 자부심과 자존감을 심어주었는데 정부에서 미국의 압박에 굴복하는 모습을 보이자 그 반발이 생각보다 대단했다.

대통령이 직접 대국민담화를 발표한 것은 한미 방위비 분담 협상 결과를 발표한 후 일주일이 지난 후였다.

시위가 가라앉기를 바랐으나 시민 단체가 중심이 된 시위는 연일 계속되는 중이었다.

"친애하는 국민 여러분, 저는 대한민국 대통령으로서 오랜 세월 우리나라를 도와주었던, 우방인 미국의 입장을 감안해서 5년 동안 총 300%의 방위비 인상 협약서에 사인했습니다. 국민들께서 저와 정부에게 원하는 것이 무엇인지 정확하게 알고 있습니다. 미리 말씀드리지 못했지만 이번 협약식에는 우주개발에 반드시 필요한 고체연료 사용권이 담겨져 있습니다. 고체연료는 인공위성을 쏘아 올리는 데 반드시 필요하며 달이나 화성 탐사를 위한 우주선 개발에도 마찬가집니다. 또한 이 협약에는 5년이 지난 2024년, 미군의 완벽한 철군도 포함되어 있습니다……."

연설문을 읽어 내려가는 대통령의 얼굴은 비장했다.

취임 후 2년 동안 국민들이 이번처럼 그의 정책에 반대를 한 적은 없었다.

전임 대통령에 이어 현 대통령도 국민들의 전폭적인 지지를 받아왔다.

부드러운 카리스마로 무장한 채 거침없이 국정을 운영하는 대통령의 정치 스타일은 진정으로 국민들이 원하는 것이었다.

미국과의 협의를 거쳐 협약서에 담긴 내용을 비공개로 처리할 예정이었으나 국민들의 반발이 상상외로 강했기에 대통령이 직접 나설 수밖에 없었다.

"저는 다시 한번 약속드립니다. 제 임기 동안 저와 정부는 대한민국의 주권과 번영을 위해 최선을 다할 것입니다. 국민 여러분, 우리 모두 힘을 합쳐 대한민국이 세계 최고의 국가로 거듭날 수 있도록 노력해 주시길 부탁드립니다. 감사합니다."

*　　　　*　　　　*

시민 사회단체 '21세기 문화운동'의 회장 김찬수는 대통령의 연설이 끝나자 머리에 둘렀던 붉은 띠를 슬며시 풀었다.

그가 먼저 머리띠를 풀자 옆에 있는 부회장이 슬그머니 다가와 옆구리를 찔렀다.

"회장, 왜 머리띠를 풀어?"

"그럼 안 풀어? 넌 대통령 연설 못 들었어?"

"야, 야당 쪽에서 운영 경비 받은 건 어쩌고. 한 달간 떠들어 달라고 했잖아!"

"이 자식아, 돈이 궁해서 받은 거 아니다. 그렇잖아도 미국 쪽에 굴복한 게 너무 화가 나서 받았을 뿐이야. 누이 좋고 매부 좋은 심정으로."

"변한 게 뭐가 있어? 미국 놈들한테 돈 준 건 변함없는 사실인데… 안 그래?"

"휴우, 고체연료 제한권을 풀었다잖아. 넌 그게 무슨 뜻인지 모르지?"

"그게 뭔데?"

"내가 왕년에 토우 부대에서 근무했었다. 그때 우리나라 미사일 사거리가 제한되어 있다는 말을 들었어. 고체연료 사용 거리가 500㎞로 제한되었다는 것이다."

"무슨 소리야? 우리나라 미사일은 5,000㎞나 간다던데?"

"설명하려면 길어. 그리고 나도 정확하게는 모르고. 하지만 미국 놈들한테 돈을 주는 대신 엄청난 걸 받아낸 건 사실이다. 대통령 말처럼 장거리 미사일이나 인공위성을 쏘려면 고체연료 사용이 필수적이거든. 오늘 언론에서 나오는 뉴스를 보면 무슨 뜻인지 정확하게 알 테니 그만 가자, 배고파 죽겠어."

"에에… 야, 이래 놓고 어디 가, 회원들 어쩌고?"

"해산시켜. 어차피 상황 종 쳤는데 뭐 하러 멍하니 서 있어."

"그래도 회원들한테 설명은 해줘야지!"

"우리가 설명 안 해줘도 되겠다. 저기 텔레비전에서 속보 때리잖아. 저거 들으면 금방 이해하고 집으로 돌아갈 거야."

제43장
예전의 우리가 아니다

　"독도는 일본 땅이다. 한국은 독도에서 물러나라!"

　첨예하게 대립된 한일 관계는 드디어 독도 문제로까지 비화되기 시작했다.

　일본은 무역 전쟁을 통해 아무런 성과를 얻지 못하고 자국의 기업들이 부도 맞는 상황까지 몰리자 드디어 독도 문제를 들고 나왔다.

　과거에는 일부 시민 단체가 떠들거나 중고등학교 교과서에 독도의 일본 소유를 등재했고 지자체에서 관련 행사를 개최하는 정도에 그쳤지만, 경제 전쟁의 성과가 없자 정부 차원에서 국제

분쟁위원회에 제소를 하며 독도 문제를 수면 위로 끌어냈다.

그만큼 다급하다는 뜻이다.

극우파의 수장인 일본 수상은 이번 기회에 무조건 헌법개정을 강행할 생각이었기에 국민들의 반한 감정을 극으로 끌어올리기 위해 독도 카드를 꺼내 들었다.

한국은 일본의 행동에 아무런 반응을 보이지 않았다.

반응을 보이지 않는 게 한국 정부의 일관적인 전략이었고 이번에도 마찬가지였다.

어차피 실제 점유 중인 독도를 가지고 왈가왈부할 이유가 없었고 상대를 해줘서 영토분쟁 지역으로 인식하게 만들어주는 건 일본의 전략에 당하는 것이라 판단했기 때문이었다.

그러나 국민들은 달랐다.

일본 정부와 극우단체, 지자체들이 동시에 발광을 하면서 독도 문제를 꺼내 들자 대한민국 국민들은 폭풍이 되어 광화문을 휩쓸었다.

다른 건 다 참아도, 독도를 건드리는 것만큼은 절대 참을 수 없었기 때문이었다.

*   *   *

"예상했던 대로군."

"수상님, 조센징들이 어제 광화문에 30만 명이나 모였습니다. 거기에 맞불을 놓기 위해 우리 극우단체 '신풍'을 중심으로 50만 명이 도쿄역 일대에서 시위를 하는 중입니다."

"좋군. 아주 좋아."

"이대로라면 헌법개정에는 문제가 없을 것 같습니다."

"아니, 아직 결정적인 한 방이 더 필요하오. 장관도 알다시피 우리 나라 국민들은 전쟁에 대한 공포가 뿌리 깊게 자리 잡고 있소. 헌법개정을 위해서는 보다 확실한 극약 처방이 필요하단 말이오."

"결국… 그 방법을 쓰실 생각입니까?"

"헌법개정만 할 수 있다면 나는 어떤 일도 할 수 있소. 과거 우리 조상들은 영광스럽게도 세계의 30%를 정복했고 미국의 본토를 공격했지만 후손인 우리는 공격 무기조차 만들지 못하는 비참한 상태에 빠지고 말았소. 나는 요즘 제대로 잠을 자지 못하오. 내 임기 내에 헌법을 개정해야 된다는 사명을 생각하면 일분일초가 아까워요."

"수상님의 원대한 야망을 국민들이 몰라주는 게 야속할 뿐입니다."

"작전명 '가미가제'를 실행하시오. 이 기회에 우린 반드시 헌법개정을 밀어붙여야 합니다."

"알겠습니다."

수상의 지시에 방위청 장관을 비롯한 내각의 주요 장관들이 일제히 고개를 조아렸다.

21세기 일본은 현재 수상의 독재체제가 구축되어 있는 상태였는데, 언론마저 장악했기에 국민들의 통제가 강력하게 시행되고 있는 중이었다.

사회 구성원의 언로가 막힌다는 건 민주주의의 붕괴를 의미하는 것이었지만 일본 수상이 틀어쥔 극우 정권은 군국주의의 부활을 위해 국민들의 입을 틀어막는 데 열중했다.

*   *   *

해군 1함대장 정충렬 소장은 긴급으로 타전된 초계함의 보고를 받으며 인상을 긁었다.

작전참모가 뛰어 들어온 것은 초계함으로부터 일본 순시정의 호위를 받은 지질 탐사대가 독도 근처로 다가온다는 보고를 받았을 때였다.

"함대장님, 일본의 서해 함대가 빠르게 다가오고 있습니다."

"뭐라고!"

"2척의 호위함이 지질 탐사대 후방 10㎞까지 전진했고 5척의 이지스함이 포함된 본진 30여 척이 30㎞ 후방에 위치한 상태입니다. 분명 물 밑에는 5척의 잠수함이 따르고 있을 겁니다."

"훈련하겠다고 통보를 해와서 그런 줄 알았더니 다른 생각이 있었던 거로군. 이 쪽발이 새끼들 귀엽게 행동하네."

"보고하셔야 되지 않겠습니까?"

"당연히 해야지. 여기서 독도까지 얼마나 걸리나?"

"1시간은 잡아야 합니다."

"전 함대 독도로 급속 항진 한다. 최대한 서둘러."

"알겠습니다."

작전참모가 뛰어나가자 정충렬 소장이 전화기를 꺼내 단축번호를 눌렀다.

그러자 수화기 너머에서 묵직한 음성이 들려왔다.

"정소장, 가고 있나?"

"그렇습니다. 저희 함대가 도착하려면 1시간 정도 걸릴 것 같습니다."

"앞으로 상황 관제는 내가 한다. 먼저 가 있어. 후속 조치는 이제부터 내가 맡을 테니 자네는 가서 놈들 하는 짓이나 잘 감시해."

"참모총장님, 놈들은 영해를 넘어왔습니다. 나포해야 되지 않겠습니까?"

"당연히 그래야지. 하지만 내가 전화할 때까지 조금만 참아."

"알겠습니다."

참모총장의 말을 들은 정충렬 소장의 얼굴이 굳어졌다.

수화기 너머에서 들려오는 목소리에서 긴장감이 느껴졌기 때문이었다.

해군참모총장 윤철영.

야전에서 잔뼈가 굵은 사람으로 해군의 전설로 통하는 경력을 지녔으며 전군의 존경을 받는 군인이었다.

보고를 하기도 전에 상황을 알고 있었다는 건 자신과 달리 그가 면밀하게 일본의 서해 함대를 추적하고 있다는 뜻이었다.

*　　　*　　　*

정충열 소장이 이끄는 제1함대는 충무공을 비롯한 3척의 이지스함과 신형 미사일 K3R6를 장착한 최신에 구축함 5척, 호위함 5척, 3척의 초계함으로 구성되어 있었고 물 밑에서는 3척의 잠수함이 은밀하게 따르는 중이었다.

독도에 도착하자 레이더를 통해 일본의 호위함 2척이 2㎞ 전방까지 다가왔고 본진의 거리가 훨씬 단축된 게 보였다.

"아쭈, 이 새끼들 봐라. 다가와? 우리가 온 걸 보고도?"

"기분이 싸합니다. 함대장님, 혹시 이놈들 한판 붙자는 걸까요?"

"크크… 과연 그럴까?"

"놈들 행동이 이상합니다. 그렇지 않고서야 본진이 이렇게 다가올 리 없잖습니까. 이미, 사정권 안에 들어와 있습니다."

"전군 1급 전투 모드로 전환한다."

"저놈들은요?"

"총장님이 전화를 주신단다. 그때까지 뭐 하나 구경이나 하자."

작전참모의 질문에 대답하며 정충열 소장이 망원경을 꺼내 들었다.

독도의 선착장에서는 독도 경비대원 3명이 지질 탐사선의 진입을 막고 있었는데, 계단과 바위 뒤에서 10여 명의 경비대원들이 총을 겨눈 채 몸을 숨기고 있는 게 보였다.

일촉즉발.

그들이 그런 행동을 하는 건 2척의 순시정에 타고 있는 일본 병력이 기관포를 겨눈 채 대치하고 있었기 때문이었다.

막상 전투가 벌어지면 독도 경비대원들은 몰살될 가능성이 컸다.

일본 순시정에는 53㎜ 기관포가 탑재되어 있어 화력 면에서 상대가 되지 않았다.

*　　　　*　　　　*

"장관님, 일본의 의도가 뭐라고 생각하십니까?"

"일본 수상의 모험이라고 생각합니다. 아무래도 그들은 독도에서 충돌을 만들어 일본인들을 하나로 뭉치게 만드는 전략을 구사하는 것 같습니다. 헌법개정을 위해서죠."

"서해 함대 전체가 왔다면 1함대 가지고 안 될 텐데요. 전력 면에서 상당한 차이가 있지 않나요?"

"차이는 있습니다. 하지만 그렇게 일방적이지 않습니다. 우리 함대에는 최근 개발된 초정밀 미사일 K3R6가 탑재되어 있기 때문입니다."

"그건 보고를 들었지만 함정 숫자에서 차이가 나잖습니까. 우리 쪽보다 전력이 2배 이상 된다고 들었는데?"

"지금 2함대가 출발했습니다. 3시간 후면 도착할 테니 너무 염려하지 마십시오."

"그런가요. 그럼 이제 어쩌면 좋겠소?"

"대통령님, 그들은 불법으로 대한민국 영토를 침범했습니다. 당연히 나포를 해야 된다고 생각합니다."

"난 그걸 말하는 게 아닙니다. 만약 교전이 벌어질 경우를 말한 겁니다. 상대가 도발을 해오면 어쩔 생각인지 물은 것입니다."

대통령의 말이 떨어지자 국방부 장관 이세창의 얼굴 한쪽이 묘하게 뒤틀렸다.

정확한 의중이 파악되지 않았기 때문이었다.

하지만 그는 곧 정색을 하면서 천천히 입을 열었다.

"먼저 도발을 해오면 무조건 반격을 하는 게 대한민국 군대의 철칙입니다. 당연히 적들을 수장시켜야 됩니다."

"만약 도발을 하지 않는다면?"

"그게 무슨 말씀이신지?"

"나포를 거부하고 그냥 돌아간다면 어쩔 셈입니까? 아니, 무작정 독도에 상륙을 한다면?"

"그건……"

"옛날에 지금과 비슷한 내용이 담긴 소설이 있었습니다. 그 소설에서는 대한민국의 군사력이 일본에 비해 현저히 약한 바람에 적들의 위협사격에도 대응조차 못 하는 내용이 나오더군요. 국방부 장관, 한 가지 묻죠. 우리나라가 일본보다 약합니까?"

"절대 그렇지 않습니다. 현재 우리나라의 군사력은 공군과 해군력에서도 훨씬 앞서 있는 상태입니다."

"그렇다면 우리가 먼저 쏘지 못할 이유가 있습니까?"

"없습니다."

"그럼 나포를 하세요. 반항을 하거나 적의 함대가 우리나라 영해를 넘어온다면 즉각적인 발포를 허락합니다."

"알겠습니다."

"전 공군에 출격을 지시하며 '태극 프로그램' 가동도 승인합니다. 그러니 장관님은 이번 기회에 마음껏 일본의 콧대를 꺾어놓으십시오. 모든 건 내가 책임지겠습니다."

"대통령님, 감사합니다."

"신중하게 결정한 후 행동하십시오. 장관님의 결정에 일본의 미래가 달렸다는 것 잊지 마시길 바랍니다."

자리에서 일어나며 국방부 장관 이세창은 대통령을 향해 진심으로 우러난 감사를 표시했다.

지금까지 일본의 독도 도발을 보면서 느꼈을 대통령의 분노가 그대로 전달되어 왔다.

대통령은 최근 3달간 벌어진 일본과의 갈등을 겪으며 이를 악문 채 인내의 시간을 보냈을 것이다.

대통령의 결심이 얼마나 대단한지는 '태극 프로그램'의 가동을 승인하는 장면에서 충분히 알 수 있었다.

'태극 프로그램'이 가동되면 전국 15개 비밀 기지가 동시에 열린다.

기지에는 일본을 초토화시킬 수 있는 현무 3, 4, 5 미사일들이 각각 300기씩 배치되어 있었는데 좌표만 입력되면 즉시 발사가 가능한 상태였다.

자신의 결정에 일본의 운명이 결정된다는 건 대한민국이 반드시 이긴다는 확신이 있기 때문이다.

*　　　　*　　　　*

"명령이 떨어졌다. 독도함은 즉각 지질 탐사선과 순시정을 나 포하도록!"

무전기를 통해 명령이 떨어지자 독도에 접근하던 초계함장 서 명진이 입술을 지그시 깨물었다.

실전 상황.

어떤 일이 벌어질지 아무도 모른다.

순시정의 후방 1㎞까지 일본의 함정이 다가와 있었기 때문에 이젠 육안으로 뚜렷하게 보일 정도였다.

그럼에도 서명진은 거침없이 순시정을 향해 기수를 잡았다.

"급속 전진!"

함장의 명령에 대원들의 복창이 이어졌고 곧이어 터질 듯한 긴장감이 실내를 가득 채웠다.

순시정의 행동에 따라 교전이 벌어질 것이고 그 결과는 자신 들의 죽음으로 이어질 수 있었다.

동시에 발사하는 일본 호위함의 공격을 독도함 혼자 견딘다는 건 불가능했기 때문이었다.

하지만 그의 우려는 어느샌가 학인진을 구축하며 다가온 본 진을 보며 서서히 희석되었다.

"으… 대장님, 일본 서해 함대의 본진이 모습을 드러냈습니다. 허억, 정말 엄청나군요. 우리 1함대의 배는 더 많아 보이는데요?"

"쫄지 마라. 쪽수가 많아봤자 좆도 아냐. 뭐 해, 놈들한테 꼼짝하지 말라고 방송 때려야지!"

"지금 때리고 있습니다. 그런데… 저 새끼들 꿈쩍도 안 합니다."

"씨발 놈들이 정말 해보겠다는 거야?"

경고를 무시한 채 일본 순시정의 기관포가 자신들을 겨냥하자 서명진은 이를 악물면서 고함을 질렀다.

그런 후 곧장 무전기를 들었다.

"함대장님, 서명진입니다. 놈들이 기관포를 겨눴는데 어떻게 할까요?"

"쏴버려."

"예?"

"함포 뒀다가 뭐 하나. 쏴버리라니까?"

함대장의 말에 서명진의 얼굴이 허옇게 질렸다.

여기서 함포로 순시정들을 박살 내면 대한민국과 일본은 순식간에 전쟁으로 돌입하게 된다.

하지만 그게 문제가 아니다.

함포를 쏘는 순간 독도함에 있는 95명의 대원들은 순식간에 불바다를 경험하게 될 것이다.

"정말 쏩니까?"

"무섭냐?"

"솔직히 무섭습니다. 그래도 해야죠. 군인의 숙명은 전쟁에서 죽는 거 아니겠습니까?"

"서명진이 멋있네. 아주 좋아. 쏘긴 쏘는데 직접 맞히지 말고 순시정 외곽에다 쏴라. 놈들 얼굴을 바닷물로 세수시켜 주란 말이야."

"허억… 알겠습니다."

뒤늦게 함대장 의도를 파악한 서명진의 얼굴이 지옥에서 돌아온 것처럼 활짝 밝아졌다.

옆에서 무전을 지켜보던 대원들도 마찬가지였다.

어떤 놈은 구석에서 열심히 기도를 하다가 서명진의 손에서 무전기가 내려오자 게걸음으로 슬금슬금 함실을 빠져나갔다.

바깥에서 기다리는 전투대원들에게 소식을 알려주기 위함일 것이다.

"좌표 계산해. 잘못해서 진짜 맞히면 우리 다 죽는 거 잊지 말고."

"걱정하지 마십시오. 정확하게 세수만 시키겠습니다."

"준비되는 대로 때려!"

함포가 불을 뿜기 시작했고 순시정의 주변이 하얀 포말로 뒤덮였다.

건방지게 기관포를 겨냥했던 일본 병력이 흔들리는 순시정 안에서 바닥을 기는 게 보였다.

10발의 함포사격이 끝나자 금방 고요가 찾아왔다.

하지만 그 고요는 더 큰 긴장을 불러일으키기에 충분했다.

"함장님, 록다운 되었습니다. 일본 놈들 호위함이 우리를 겨냥하고 있습니다."

"씨발 놈들, 쏘라고 그래. 가자, 저 새끼들 끌고 가야지!"

서명진이 작전관의 보고를 받으며 이를 악물었다.

배짱 싸움이다.

여기서 호위함이 미사일을 날린다면 자신이 탄 독도함은 순식간에 박살이 날 것이고 함정에 타고 있는 95명의 병력들의 목숨은 그대로 끝이다.

그럼에도 서명진은 믿는 게 있었다.

함대장이 나포 명령을 내렸다는 건 그만한 믿음과 이유가 있는 게 분명했다.

독도함이 빠르게 전진해서 지질 탐사선과 2척의 순시정에 도착한 후 다시 한번 경고 방송을 때렸다.

"무장해제 하라. 무장해제 하지 않으면 순시정을 폭파시키겠다. 경고한다, 무장해제 하라!"

독도함에 걸려 있는 기관포가 아직도 정신 차리지 못하는 일본 병력을 조준하자 한 놈, 두 놈 팔을 드는 게 보였다.

독도에 있던 수비대가 빠르게 접근했고, 나포 병력이 순시정으로 뛰어내린 건 일본의 호위함 뒤로 거대한 일본의 서해 전단이 완연한 모습을 드러 낼 때였다.

"함대장님, 서해 함대의 전 전선이 우리를 겨냥하고 있습니다. 이대로 그냥 있으면 당합니다!"

"이 자식들, 끝까지 해보겠다는 뜻이네. 본진 대가리가 저놈이지?"

"그렇습니다. '하구로'란 놈입니다. 2년 전에 진수된 이지스함입니다."

"전군, 전투준비. 우리가 먼저 쏜다."

"함대장님!"

"누가 보면 네가 함대장인 줄 알겠다. 왜 소리를 질러?"

정충렬 소장이 작전참모의 얼굴을 바라보며 인상을 긁었다.

하지만 작전참모는 그의 시선을 받으며 의견을 피력했다.

"놈들은 록다운만 했을 뿐입니다. 우리가 먼저 쏘면 전쟁의 책임이 우리에게 돌아옵니다."

"누가 직접 때리래? 독도함이 한 것처럼 우리 미사일은 놈들 진형의 양 사이드를 때린다. 무슨 말인지 모르겠어?"

"으… 그게 그겁니다."

"아니지, 우린 경고사격을 한 것뿐이야. 영해를 넘어온 놈들에게 그 정도도 못 해?"

"우리가 쏘면 놈들이 공격해 올 겁니다. 그러면 전면전이 벌어집니다."

"내가 원하는 게 바로 그거야. 평생소원이 일본 놈들하고 멋지게 싸워보는 것이었다. 누구 대가리가 깨지는지 보고 싶었어. 이 새끼들이 우리한테 한 짓을 생각하면 지금도 이가 갈리거든."

"휴우, 알겠습니다. 준비하겠습니다."

작전참모가 경례를 붙인 후 뒤로 물러나 통제 폰을 들자 실내에 있던 병력들의 얼굴이 시꺼멓게 죽었다.

전쟁!

누군가는 쉽게 말할 수 있으나 눈앞에 거대한 적을 둔 병사에게는 죽음을 상징하는 단어였다.

그때.

그들의 머리 위로 굉음을 울리며 30여 대의 전투기가 나타났다.

대한민국이 자랑하는 스텔스 전투기 KFX-1이었다.

KFX-1은 2년 전부터 실전 배치 되었는데 스텔스 기능을 보유한 최신예 전투기였다.

물론 내년에 배치되는 KFX-2에 비하지는 못하지만 현재로서는 극동 지역에서 최강으로 평가되는 전투기였다.

"드디어 왔군! 뭐 하나, 작전관. 내 명령 떨어진 지 10년은 지났다. 왜 아직 안 쏘고 있는 거야!"

"지금 쏩니다."

　　　　*　　　　　　*　　　　　　*

　일본 수상의 눈이 번들거렸다.

　보고하고 있던 방위청 장관의 몸은 사시나무 떨듯 부들거렸다.

　"놈들의 미사일 기지가 전부 열렸습니다. 우리가 쏘면 본토를 쑥대밭으로 만들겠답니다."

　"그래서 우리 함대는 반격을 하지 못했단 말이오?"

　"서해 함대가 놈들의 1함대보다 전선도 많고 더 강한 건 사실이지만 이대로 전투가 벌어지면 전멸을 면치 못합니다. 놈들의 2함대가 근접해 오는 중이고 KFX—1이 30여 기나 떴습니다."

　"우리 전투기는?"

　"출격했습니다. 하지만 놈들은 작정했는지 추가로 서천에서 50여 기의 F—35가 발진한 상태입니다."

　"으… 이 미친놈들이……."

　"당장 영해를 벗어나지 않으면 공격을 시작하겠다고 합니다. 수상님, 결정을 내리셔야 됩니다."

　방위청 장관의 재촉에 일본 수상이 이를 악물었다.

　안 된다는 걸 안다.

　대한민국은 세계 4위의 군사 강국으로 6위인 일본에 비해 공군과 해군력이 오히려 앞선 상태다.

거기다 육군만 따지면 미국과 자웅을 결해도 될 만큼 압도적인 전력을 구축한 놈들이었다.

미리 준비해서 서해 함대를 전부 내보낸 것은 1함대보다 전력이 우세했기에 적당히 힘으로 누른 후 여론전을 펼칠 생각이었기 때문이다.

그런데 한국은 적당히 물러서던 예전과 다르게 당장에라도 공격을 개시할 기세였다.

"한국의 대통령에게 전화를 연결하시오. 이자가… 무슨 생각을 가지고 있는지 알아봐야겠소."

"알겠습니다."

*   *   *

청와대 지하 벙커.

대통령 주변에는 국방부 장관을 비롯해서 육군참모총장과 공군참모총장, 그리고 국무총리를 비롯한 각 부처의 장관들이 자리를 잡고 있었다.

그들의 얼굴은 전부 굳어져 있었는데 일본의 선택에 따라 전쟁이 벌어질 수도 있었기 때문이었다.

15분전 충무공함과 율곡함에서 18발의 미사일이 일본 서해 함대의 외곽을 향해 날아갔다.

3회에 거쳐 6발씩 1분 간격으로 쏜 것이다.

현재 상황은 양측이 상대의 전선을 향해 록온 해놓은 상태.

버튼만 누르면 2차 대전 이후 가장 거대한 전쟁의 서막이 오르게 된다.

"대통령님, 일본 수상이 통화를 요청하고 있습니다."

"안 받겠다고 하시오."

"알겠습니다."

대통령은 비서실장의 보고를 받은 후 스크린을 향해 시선을 돌렸다.

스크린에는 양측 함대의 대치 상황이 인공위성을 통해 그대로 나타나 있었는데 KFX-1의 비행 장면도 잡힐 정도로 선명했다.

잠시 떨어져서 정신없이 움직이던 비서실장이 빠르게 다가온 것은 국방부 장관이 제2함대의 위치를 대통령에게 설명해 줄 때였다.

"대통령님, 미국 대통령의 전화입니다. 받으시겠습니까?"

"이 사람들, 바쁘게 사는구먼. 연결해 보세요. 무슨 소리를 하는지 들어나 봅시다."

대통령의 승인이 떨어지자 백악관의 모습이 떴다.

미국 대통령의 주변에는 국무 장관, 국방 장관을 비롯해서 백악관의 참모들이 전부 서 있었는데 긴장한 기색이 역력했다.

그쪽에서도 이쪽의 모습이 그대로 보일 것이다.

"대통령님, 이게 무슨 일입니까. 동맹국끼리 왜 이러는 겁니까? 당장 함대를 뒤로 물리세요! 일본과 한국은……."

전화가 연결되자마자 미국 대통령이 흥분한 목소리로 마구 떠들었다.

하지만 대통령은 그의 말이 끝날 때까지 아무런 말을 하지 않았다.

팽팽한 긴장감.

미국 대통령은 태평양동맹의 중요성과 미국의 입장, 그리고 양국이 충돌했을 때의 여파를 한참 동안 떠들다가 묵묵히 듣고 있는 대통령의 모습을 본 후 천천히 말을 멈췄다.

무언의 기세.

대통령의 자세는 그냥 서 있는 것만으로도 폭발적인 오라를 뿜어내고 있었던 것이다.

"대통령님, 일본과 다투시면 안 됩니다. 양국의 감정이 최근 안 좋아졌다는 거 잘 알지만 군사 충돌은 결코 양국에 이롭지 않습니다. 그러니 함대를 뒤로 후퇴시키세요."

"여긴… 우리 땅입니다. 우리 하늘이고 우리 바다인데 왜 우리보고 후퇴하란 말을 하는 겁니까!"

"어허, 일단 후퇴를 해야……."

"대통령님, 방금 말씀드린 것처럼 대한민국의 해군은 대한민국의 바다를 지키기 위해 존재하는 군대입니다. 영해를 침범한 건 일본입니다. 제 말 무슨 뜻인지 아시겠습니까?"

"저는 방금 일본 수상과 연락해서 일본 함대를 후퇴시키라고 종용했습니다. 그러니 한국도 후퇴하세요."

"우린 후퇴하지 않습니다. 그리고 우리 영해를 침공한 일본에게 반드시 그 책임을 물어야겠습니다."

"도대체 어쩌실 생각입니까. 정말 전쟁이라도 하겠다는 말씀입니까?"

"해야만 한다면 그렇게 해야죠. 대통령님께서도 아시겠지만 일본은 헌법을 고치기 위해 대한민국을 향해 경제 전쟁을 도발했고 이젠 영해까지 침범해 왔습니다. 그동안 우리 대한민국은 일본의 건방진 태도를 보면서 참고 참았지만 이젠 더 이상 그렇게 하지 않을 생각입니다. 도대체 우리가! 언제까지 내 나라 땅인 독도를 가지고 일본이 떠드는 걸 지켜봐야 한단 말입니까!"

"영토분쟁이 벌어지고 있는 곳은 세계 곳곳 수십 군데가 넘습니다. 그런 문제는 외교로 해결해야 됩니다."

"아니요. 우린 싫습니다. 과거 일본은 우리나라를 침략해서 수많은 사람들을 죽였음에도 오늘날까지 한 번도 사과를 하지 않았습니다. 이번 기회에 나와 우리 국민들은 일본의 사과를 반드시 받아낼 생각입니다."

"대통령님, 그건 불가능한 일입니다. 일본 같은 대국이 쉽게 고개를 숙이겠습니까?"

"그건… 우리가 하겠소. 그러니 미국은 그냥 잠자코 구경이나 하시오."

"대통령님!"

"자, 일 끝나고 다시 통화합시다."

미국 대통령이 급하게 불렀으나 대통령은 가차 없이 수화기를 내려놓은 후 국방부 장관 쪽으로 몸을 돌렸다.

"들으셨죠?"

"들었습니다. 현재, 일본의 서해 함대가 뒤로 물러나는 중입니다. 명령만 내리시면 추격하겠습니다."

"제2함대는 어디에 있습니까?"

"1함대와 10분 거리까지 도착한 상태입니다. 3함대와 4함대까지 독도를 향해 진출하고 있는 중입니다."

"그럼, 보내세요. 놈들이 먼저 왔으니 우리도 가야죠. KFX-2는 가동이 됩니까?"

"지금 당장 운용 가능한 건 12기가 있습니다. 마무리 시범운행이 모두 끝나지 않았지만 충분히 실전 투입이 가능합니다."

"그럼 투입시키세요. 그리고 우리가 보유한 전투기의 반을 출격시키십시오. 이번 기회에 일본의 버르장머리를 뜯어고칩시다."

"알겠습니다."

　　　　　*　　　　　*　　　　　*

　팀원들과 회의를 하던 채종헌은 미친 듯이 징징거리며 울어대는 핸드폰을 어쩔 수 없이 꺼내 들었다.

　200만 달러 수출 계약을 눈앞에 둔 상황이라 초긴장 상태였는데, 핸드폰이 계속 울어대는 통에 어쩔 수 없었다.

　하지만 전화기를 꺼낸 건 그뿐만이 아니었다.

　"뭐야, 이거!"

　핸드폰 액정에 뜬 문자메시지를 확인한 채종헌이 소리를 버럭 지르며 자리에서 일어섰다.

　액정에는 엄청난 내용이 들어 있었는데, 국가재난센터에서 보내온 것이었다.

　'현재, 일본 서해 함대와 대한민국 제1함대가 대치 중. 영해를 무단 침범한 일본 함대의 도발을 방어하기 위한 조치임.'

　메시지를 읽은 채종헌이 사무실 한편에 놓여 있는 텔레비전을 향해 달려갔다.

　그와 팀원들이 달려갔을 땐 이미 영업 2팀과 3팀 직원들이 다 모여 있었는데, 텔레비전에서는 긴급 방송이 나오고 있었다.

　"일본 서해 함대가 영해를 침범한 것은 오전 11시 12분이었습니다. 하지만 그보다 먼저 일본의 독도 지질 탐사선과 2척의 순시정이 10시 20분쯤 독도에 도착해서 수비대와 마찰을 일으킨 상태였습니다. 따라서 우리 쪽 제1함대가 독도 쪽으로 진출했는데 일본의 서해 함대가 영해를 넘어온 것입니다."

아나운서의 뒤로 스크린이 열리며 양쪽 함대의 이동 경로가 고스란히 나타났다.

문제는 대한민국의 강력한 대응이었다.

"우리 쪽은 일본의 도발을 인식한 후 곧바로 제2함대가 지원을 위해 동진했고 현재는 제3, 4함대까지 합류한 상태입니다. 더불어 내년 초에 실전 배치 될 것으로 계획되었던 KFX-2 12기까지 출격되어 긴장감이 높아지고 있습니다."

"일본 서해 함대는 우리나라 영해에서 후퇴했다면서요?"

"그렇습니다. 하지만 우리 함대가 그들을 추격하고 있는 중입니다. 정부에서는 영해를 침범하고 돌아가는 서해 함대를 그냥 보내주지 않겠다는 생각입니다. 먼저, 국방부 장관의 대국민 발표를 보시죠."

아나운서가 뒤를 돌아보자 함대가 잔뜩 깔려 있던 화면이 바뀌며 국방부 장관 이세창의 모습이 드러났다.

그는 결연한 자세로 수많은 기자들 앞에 서 있었는데 원고조차 가지고 있지 않았다.

"친애하는 국민 여러분, 일본의 서해 함대가 오전 11시 12분 영해를 침범했습니다. 따라서 저희 해군은 영토 수호를 위해 독도로 진출한 상태이며 현재는 후퇴한 일본의 서해 함대를 따라 진격하고 있는 상황입니다. 왔을 땐 그냥 왔으나 갈 땐 그냥 가지 못한다는 게 대한민국 국군의 각오입니다. 일본 서해 함대가 멈추고 영해를 침범한 사유와 그에 따른 사과를 하지 않는다면 우리 대한민국 군대는 일본의 무분별한 행동을 반드시 응징하고자 합니다. 일본은 잘못했으면 사과하고 용서받는 법을 배워야 합니다. 그리고 대한민국은 그들의 사과를 받아낼 힘이 있습니다. 국민 여러분, 대한민국의 군대를 믿어주시고 지지해 주시기 바랍니다."

국방부 장관의 브리핑을 본 정풍물산 직원들의 얼굴이 하얗게 변했다.

단박에 국방부 장관이 무슨 말을 한 건지 알아챘기 때문이었다.

전쟁이다.

전쟁이 벌어질 가능성이 국방부 장관의 입에서 흘러나온 것이었다.

침묵을 지켰던 직원들의 입이 하나씩 열리기 시작한 건 국방부 장관의 모습이 화면에서 사라진 후 아나운서들이 다시 나타났을 때였다.

"씨발, 그래야지. 이번에 끝장을 보자. 그동안 참고 참았던 거, 울화통이 터져서 미칠 뻔했던 거 이번에 끝장을 보자고!"

"이 새끼들이 우리를 홍어 좃으로 보는데 이번엔 안 돼. 개새끼들, 이번 기회에 완전히 작살내서 대마도를 뺏어 와야겠다."

대한민국의 함대들이 일본 영해에 들어선 후 전열을 가다듬은 채 일본 본토를 향해 미사일을 겨냥했다.

일본 측에서는 후퇴했던 서해 함대를 비롯해서 88함대 전체가 포진했기에 일본 연안에는 양쪽의 전투함 숫자가 무려 120척이 넘었다.

거기에 양측에서 뜬 전투기의 숫자도 200기나 되었고 출격 준비를 마친 채 대기하고 있는 숫자도 그 이상이었다.

대한민국은 아예 작정이라도 한 것처럼 3대의 공중급유기와 KE—10 프리미어 공중조기경보기까지 띄워놓은 채 전투 상황을 대비했다.

"이, 미친놈들이… 감히 일본의 영해를 침범해!"

"수상님, 한국이 외교 채널을 통해 협박해 왔습니다. 이번 영해 침범을 사과하고 독도 영유권 주장을 철회하라는 요구입니다."

"뭐라!"

"만약 우리 쪽이 자신들의 요구를 수용하지 않는다면 그로부터 24시간이 지난 후 개전을 선언하겠답니다."

"으……."

"이 영상을 보십시오."

방위청 장관이 기기를 작동시키자 부산과 제주도의 모습이 드러났다.

그곳에는 수많은 병력과 각종 전투 장비들이 모여 있었는데 한국이 자랑하는 전차와 자주포, 각종 무기들이 빽빽하게 도열되어 있었다.

"이게 뭐요?"

"상륙 병력입니다. 놈들은 최정예 부대인 15사단과 21사단, 그리고 특수여단, 해병대, 심지어 공수부대까지 준비 중입니다."

"허어, 진짜… 전쟁을 벌이겠다는 겁니까?"

"아무래도 이번엔 그냥 넘길 생각이 없는 것 같습니다."

방위청 장관의 대답에 일본 수상을 비롯해서 모여 있던 각료들의 얼굴이 시꺼멓게 질렸다.

작년 말.

미국의 군사 전문 잡지 '암 체어'에서는 한국의 군사력을 4위에 올려놓으며 보유한 신무기들을 소개한 적이 있었다.

'암 체어'에 따르면 비록 순위에서는 4위였지만 핵무기를 제외하고 일대일로 붙는다면 중국과 승부를 알 수 없을 만큼 한국의 전력이 강력하단 평가를 내려 세계를 놀라게 만들었다.

특히, 최근 들어 무섭게 성장한 공군력과 해군력은 숫자 면에서 열세지만 세계 최고의 성능을 자랑하기 때문에 숫자의 불리함을 극복할 정도라며 극찬을 거듭했다.

"싸우면 우리가 정말 집니까?"

"수상님… 솔직히 말씀드리면 공군력과 해군력에선 일방적이지 않습니다. 그러나 놈들에게는 현무라는 미사일이 있습니다. 막상 개전을 한다면 놈들은 우리의 심장부를 먼저 박살 낼 것이고 뒤이어 해군과 공군을 타격할 것입니다. 그런 후 상륙을 한다면 우린 그들을 막아내지 못합니다. 한국의 육군 전력은 자위대로 도저히 막을 수 없을 만큼 강력합니다."

"그렇다고, 대일본이 한국을 향해 사과할 수는 없소. 더군다나 독도는 우리의 영토 아닙니까!"

수상이 고함을 질렀으나 왠지 공허하게 들렸다.

그의 고함 소리가 실내를 맴돌았으나 모여 있던 각료들은 그저 비통한 얼굴로 찻잔만 바라볼 뿐이었다.

"절대 한국 측의 요구를 들어줄 수 없소. 미국 대통령과는 아직 연락이 안 됩니까?"

"미국 대통령은 현재 통화가 되지 않습니다. 백악관에서는 그가 휴가를 떠났다는 말만 반복하고 있습니다."

"으……."

비서실장의 보고를 받은 일본 수상의 얼굴이 일그러졌다.

정치를 오래 하다 보면 본능적인 감각과 상황에 대한 판단이 날카롭게 벼려진다.

한국과 일본.

미국에게는 더없이 강력한 동맹국들로 유럽을 전부 합한 것보다 중요한 나라들이다.

그런 국가들이 군사적 충돌을 눈앞에 두고 있는데 휴가를 떠났다며 통화가 되지 않는다는 건 미국 측이 이 일에 간섭하지 않겠다는 뜻이나 다름없다.

가슴속에서 울화통이 터져 견딜 수 없었다.

아마, 미국은 면밀한 검토를 통해 발을 빼는 것으로 결정했음이 분명했다.

과거에는 무조건 일본 편을 들었으나 최근 비약적으로 발전한 한국은 이제 그들에게 가장 소중한 동맹이었다.

한국 측이 제시한 시간은 이제 앞으로 5시간.

그 전에 일본의 입장을 밝히지 않으면 곧장 전쟁 선포를 한다는 게 한국의 주장이었다.

양국이 군사적으로 첨예하게 대치 중이라는 소식이 전해지자 전 세계의 이목이 순식간에 동해로 집결되었다.

만약, 양국이 전쟁에 돌입한다면.

21세기 들어 가장 거대하고 무자비한 전쟁이 될 것이기에 전 세계가 모두 이 결과를 지켜보고 있었다.

한국의 요구 사항이 전달되었고 일본의 답변이 남은 상황.

전 세계의 지도자들이 중재를 하면서 무슨 수를 쓰든 전쟁만은 막아야 한다고 입을 모았으나 대한민국의 대통령은 눈 하나

깜빡하지 않고 일본의 결정을 기다렸다.

"후우, 씨발 되게 긴장되네. 아직 1시간이나 남았잖아."

"씨발 놈들… 뭘 그렇게 꾸물거려. 붙을 거면 확실하게 붙고 아니면 무릎 꿇고 싹싹 빌 것이지."

"아마, 일본 놈들은 절대 사과하지 않을 거다. 더군다나 독도가 달려 있잖아. 지금 일본 놈들은 전쟁을 하자면서 방방 뜨고 있다더라."

"좆 까라 그래."

조영찬의 말을 들은 이성남이 뜨거운 콧김을 불어냈다.

일본 국민들은 양국의 대치 상황이 지속되면서 팽팽한 긴장감이 연출되자 거리로 뛰어나와 우익단체 중심으로 시위를 벌이는 중이었다.

위대한 일본의 혼을 담아 도발해 온 한국을 처단하자는 격문이 곳곳에서 휘날리고 있었다.

하지만 그건 대한민국이 더했다.

순식간에 거리에 집결된 대한민국 국민들은 이번 기회에 반드시 일본의 야욕을 깨부숴야 된다며 정부의 결단을 지지하는 중이었다.

"전쟁이 벌어지면 소집될 수도 있겠다. 이거 슬슬 준비해야겠는걸?"

"35살이나 먹은 놈을 누가 데려가. 너 같은 땅개가 어디 필요 있다고. 나라면 모를까."

"지랄하고 있네. 이 자식아, 내 주특기가 무려 100이다. 보병은 모든 전력의 근간이야."

"커엉……."

조영찬이 늑대 울음소리를 냈다.

어이가 없어 낸 소리였지만 그렇다고 이성남을 비웃지는 않았다.

마누라와 토끼 같은 자식이 있음에도 언제든지 전쟁에 나가겠다는 그의 생각이 기특했기 때문이었다.

*   *   *

"아직 소식 없습니까?"

"예, 대통령님. 현재 일본 수상을 비롯해서 각료들과 군의 주요 지휘관들이 회의를 하고 있답니다. 하지만 쉽게 결론이 나지 않을 것으로 예상됩니다. 결국, 끝까지 가봐야 알 것 같습니다."

국방부 장관의 보고에 대통령이 두 눈을 내리감았다가 천천히 떴다.

이제 남은 시간은 불과 10분.

그 10분이 지난 후에도 일본 측에서 아무런 답변이 없다면 자신은 대한민국 역사상 처음으로 일본을 향해 전쟁 선포를 하게 된다.

이긴다.

그리고 반드시 이길 수 있다.

하지만 무거워지는 가슴은 막을 수가 없었다.

전쟁이 벌어지면 수많은 병사들의 목숨이 산화될 것이고 모든 산업은 전시 상태로 전환되어 경제를 나락으로 떨어뜨리게 만들 것이다.

그럼에도, 그렇다 해서.

이번만은 절대 참고 싶지 않았다.

야당 쪽에서 빗발치듯 자신의 결정을 성토하고 있었으나 대다수의 국민들은 자신을 지지하며 광화문을 붉게 물들이는 중이었다.

눈물의 역사.

일본에게 당해왔던 수백 년의 세월.

언젠가, 때가 된다면 그 복수를 반드시 하고 싶다는 대한민국 국민들의 열망을 자신은 너무나 잘 알고 있었다.

그랬기에 칼을 빼 들었다.

반드시 누군가 해야 된다면 그 책임을 후대에 미루지 않고 자신이 짊어지고 싶었다.

대통령은 약속된 시간이 다 되도록 일본 측에서 아무런 답변이 없자 곧장 대국민 담화문을 발표하기 위해 청와대 기자회견실로 걸음을 옮겼다.

기자회견실에는 내외신 기자들이 빽빽하게 들어차 있었는데 그 숫자가 헤아리기 어려울 정도였다.

"친애하는 국민 여러분, 일본은 우리 정부가 제시한 시간을 기어코 넘겼습니다. 우리 정부는 영해를 침범한 것에 대한 사과와 우리나라 고유 영토인 독도의 영유권 주장을 다시는 하지 않기 바란다는 요청을 하였으나 일본은 시간을 넘겨 우리 정부의 바람을 깡그리 무시하고 말았습니다. 따라서 대한민국 정부는 일본을 향해 선전포고를 시행하는 바입니다. 지금으로부터 24시간 후 대한민국은 일본을 공격하겠습니다. 또한, 전 세계 국가들에게 알려 드립니다. 이 전쟁에 끼어들지 마십시오. 이 전쟁은 대한민국과 일본, 양 국가 간 오랫동안 지속되어 온 원한을 해결하기 위함일 뿐 세계의 안녕과 질서를 해치려는 게 아니라는 걸 분명히 알려 드립니다."

대한민국 대통령의 담화문은 너무나 짧고도 강렬했다.

하지만 그 속에 담겨 있는 내용은 전 세계를 발칵 뒤집어놓을 만큼 엄청난 것이었다.

대한민국의 전쟁 선포.

세계경제 3위와 4위의 전쟁.

군사력으로 따진다면 4위와 6위 간의 피 튀기는 전쟁 시작 담화문이었다.

*   *   *

"병웅 씨, 일단 피해야 되지 않을까?"

급하게 달려온 정설아가 묻자 이병웅이 창밖으로 시선을 던지며 아무런 대답을 하지 않았다.

오늘 하루.

미국에서는 홍철욱이, 중국에서는 문현수가, 그리고 이지스, 농군, 갤럭시의 회장들이 연이어 전화를 해와 이병웅의 거취에 대한 걱정을 했다.

정설아가 집 안까지 들어온 것은 결혼한 후 처음이었다.

황수인은 텔레비전에서 흘러나오는 뉴스에 이어 지인들의 계속되는 전화, 심지어 정설아가 직접 집에까지 찾아오자 멘붕 상태에 빠졌다.

그랬기에 그녀는 정설아의 제안에 대답하지 않는 이병웅을 바라보며 불안을 감추지 못했다.

언젠가.

얼핏 들은 이야기에 따르면 현대 전쟁은 과거와 달리 미사일 한 방에 도시 전체가 날아간다는 소리를 들었다.

따라서 그녀의 두려움은 극에 달한 상태였다.

"왜 아무런 말이 없어. 다른 사람은 몰라도 병웅 씨는 일단 여기를 벗어나야 해. 병웅 씨가 살아야 대한민국이 산단 말이야!"

"누나, 너무 그러지 마. 난 아무것도 아닌 존재야. 이런 상황에서 가수인 내가 뭘 할 수 있겠어."

"무슨… 그런. 알았어, 알았으니까 일단 떠나."

이병웅이 슬쩍 옆에 있는 황수인을 가리키자 정설아가 급히 말을 돌렸다.

그러자 이병웅이 그녀의 손을 슬쩍 잡았다.

"누나, 너무 걱정하지 마. 전쟁은 모든 것을 파괴하지만 대한민국은 괜찮을 거야."

"그걸 어떻게 알아?"

"전쟁이 벌어져도 일본은 우리나라를 공격할 수 있는 무기가 없어. 미국만 개입하지 않는다면 이번 전쟁은 일방적인 싸움이 될 거야."

"언론에서는 만만치 않은 전쟁이 될 거라고 하는데 무슨 소리야? 일본이 엄청 강하다잖아."

"일본보다 우리나라가 더 강해."

"미국이 일본 편을 들면?"

"오늘 외교부 장관이 미국으로 출발했어. 미국은 일본 편을 들지 않을 거야. 왜냐하면 그들은 일본보다 우리가 더 필요하거든."

"휴우……."

정설아가 이병웅의 설명을 들으며 긴 한숨을 흘려냈다.

지금까지 마스터의 분석이 틀린 적은 단 한 번도 없었다.

그의 판단력에 의해 제우스는 세계 최고의 투자 집단으로 성장했고 이지스와 갤럭시는 세계시장을 석권했다.

"난 애국자가 아냐. 내가 살아온 인생은 그저 나와 내 주변의 사람들, 그리고 우리나라 국민들이 행복하게 살길 바랄 뿐이었어. 수많은 사람들한테 사랑받고 있는 내가 전쟁이 벌어져서 조국을 등진다고 생각해 봐. 지금 상황에서 조국을 등진다는 건 매국노나 다름없잖아. 그러니, 끝까지 나는 이 나라에 남아 있을 거야."

"그래… 알았어. 병웅 씨 말을 들어보니 내 생각이 짧았던 것 같아."

"누나는 돌아가서 주식시장이나 막아. 외국인들이 팔아대는 통에 주식시장이 10%나 빠졌잖아. 애들한테 자금 보내라고 해서 다시 정상으로 돌려놔. 우리가 보유한 달러로 환율도 막고."

"지금?"

"응."

어이가 없다.

전쟁을 눈앞에 둔 상태라면 주식시장은 물론이고 금융 전체가 폭망 수준으로 떨어지는 건 당연한 일이다.

현재 주식시장은 10.3%나 떨어진 상태였다.

그것뿐인가, 채권시장은 외국인들이 전부 던지는 바람에 금리가 4%까지 치솟는 중이었다.

환율도 마찬가지.

달러당 700대에서 머물던 환율은 대통령의 전쟁 선포가 떨어지자 단숨에 800원까지 치솟았다.

할 수는 있다.

제우스가 마음만 먹는다면 대한민국 금융 전체를 들었다 놨다 할 정도의 자금력이 있으니 충분히 가능한 일이다.

"외국인들이 놀라서 자빠지겠네. 알았어, 바로 조치할게."

"대한민국에서 어떤 일이 벌어져도 금융시장에 문제가 없다는 걸 세계 모든 투자가들이 알게 만들어야 해. 알지?"

"오케이."

단박에 이병웅의 의도를 짐작한 정설아의 얼굴에서 웃음이 떠올랐다.

현재까지 전 세계 주식시장에서 매도한 금액은 50%.

그것만 해도 500조가 넘고 제우스가 보유한 달러만 해도 3천억 달러에 달한다.

다시 말해, 현재 벌어지고 있는 외국인들의 매도 행진 정도는 단박에 막을 수 있다는 뜻이다.

오늘이 지나고, 내일이 오면.

세계는 또 한 번 대한민국과 일본의 차이를 극명하게 알 수 있을 것이다.

일본 역시 외국인들의 무차별적인 매도 행진으로 금융시장에 패닉이 발생한 상태였지만 제우스가 나선 이상 대한민국은 언제 그랬냐는 듯 정상으로 돌아올 게 분명했다.

*   *   *

연금관리공단 이사장 윤기정은 시퍼렇게 변해 버린 주가를 보면서 한숨을 길게 내리쉬었다.

기재부 장관이 전화를 해온 건 장이 시작한 지 5분 만에 서킷브레이크가 걸렸을 때였다.

대통령의 전쟁 선포가 있었던 다음 날. 전쟁이 시작되기까지 12시간 전.

모든 투자자가 공포에 질리며 투매에 나섰기 때문에 주가는 불과 5분 만에 8%가 빠져 서킷브레이크가 걸렸던 것이다.

서킷브레이크가 걸린 동안 정부에서는 대국민담화를 발표하면서 주식 투매에 동참하지 말아줄 것을 간곡히 호소했다.

일본과의 전쟁을 앞둔 상태에서 주식 투매에 참여하는 건 절대 바람직하지 않다는 호소였다.

국무총리의 간절한 부탁을 받은 기관과 국민들이 투매를 멈췄지만 외국 투자자들만큼은 전혀 아랑곳하지 않았다.

주식의 특성은 누군가 받아줘야만 하락하지 않는다는 것이다.

국민들과 기관들은 투매에 동참하지 않았지만 그렇다고 해서 이런 상황에 외국인들이 쏟아내는 물량을 받아줄 수는 없었다.

서킷브레이크가 해제된 후 주가는 잠시 하락을 멈췄다가 다시 급격하게 꼬라박히기 시작했다.

매수로 받쳐줄 세력이 없었으니 외국인의 투매에 주가는 금방 17% 하락을 넘어섰다.

그때 나선 것이 국민연금이었다.

국민연금은 주가가 급격히 하락하는 것을 보며 최선을 다해 막았지만 한계가 있었다.

외국인들은 주식뿐만 아니라 국채까지 집어 던져 그 돈을 달러로 환산해서 빠져나가려는 게 분명했다.

사람들은 국민연금이 어마어마한 현찰을 가지고 있을 거라 생각했지만 그건 잘못된 생각이었다.

매년 포트폴리오를 구성해서 투자를 하기 때문에 국민연금이 평소 유보금으로 가지고 있는 건 기껏해야 7조 정도뿐이었다.

오늘 하루, 외국인의 투매를 받아내느라 주식시장에서 2조를 썼지만 주가 하락을 방어하기엔 역부족이었다.

상황으로 봤을 때 외국인의 투매는 오늘을 기점으로 전쟁이 모두 끝나는 날까지 지속될 테니 2일 정도면 자금이 바닥날 수밖에 없다.

"정 국장, 다시 밀리는구먼."

"마치 미친놈들 같습니다. 모든 창구에서 매도 물량이 쏟아져 나오고 있습니다."

"채권 쪽은?"

"거긴 신경조차 쓰지 못하고 있습니다. 일단 대부분의 국민들이 참여한 주식시장부터 지켜야 되지 않겠습니까?"

"휴우… 예상은 했지만 기가 막히는구먼."

"이대로라면 오늘 하루만 20%까지 밀릴 수 있습니다. 내일도 모레도 계속 이런 일이 발생할 텐데 정말 걱정이군요."

"일본은 어떤가?"

"거기도 마찬가집니다. 일본은 이미 25%가 넘었습니다. 들어온 정보에 따르면 일본 측이 객장 폐쇄를 검토 중이랍니다. 우리도 그래야 될 것 같습니다. 이대로 그냥 두면 주식시장은 무너질 수 있습니다."

"역시… 그 방법뿐인가?"

"외국 투자자들의 불만이 극에 달하겠지만 어쩔 수 없습니다.

일단 주식시장과 채권시장을 살려야 하니까요."

"신뢰가 무너질 텐데?"

"이사장님, 그건 2차 문제라고 생각됩니다."

"알았네, 내가 장관님과 상의를 해보지."

윤기정이 투자 담당 국장의 주장을 받아들여 탁자에 놓았던 전화기를 들었다.

당연히, 지금쯤 기재부 장관은 관련 부처의 수장들과 이 문제에 관하여 고민을 하고 있을 것이다.

그가 전화기를 든 이유는 현재 국민연금의 잔여 총알 상황을 보고하고 자신의 의견을 개진하기 위함이었다.

전화기가 부르르 떤 것은 그가 막 기재부 장관의 전화번호를 찾아 전화번호를 누르려 할 때였다.

"여보세요?"

"안녕하세요, 이사장님. 저는 제우스의 정설아입니다."

"아이고, 회장님. 회장님이 이 시간에 전화를 다 주시고. 어쩐 일이십니까?"

갑작스러운 전화에 윤기정의 얼굴이 순식간에 긴장으로 사로잡혔다.

제우스의 수장 정설아.

세계 최대 투자 집단인 제우스가 움직이면 미국 시장까지 흔들릴 정도다.

최근 몇 달 동안 제우스가 물량을 처분하면서 미국 시장은 5%가량 시장이 빠졌기 때문에 전 세계 투자자들의 이목이 쏠렸다.

제우스가 미국을 비롯해서 중국과 유럽, 일본의 주식을 동시에 매도한다는 건 그들이 알지 못하는 이유가 있을 것이기 때문이었다.

그런 제우스의 수장이 전화를 해왔으니 어찌 놀라지 않을 수 있을까?

그만큼 제우스가 세계 투자시장에서 차지하는 위력은 막강 그 자체였다.

"이사장님 고민을 해결해 드리려고 전화했어요."

"제 고민요?"

"지금 이 시간부로 국민연금은 손을 떼세요. 나머지는 저희가 맡겠습니다."

"그게 무슨 말씀이신지… 혹시, 주가 방어를 제우스에서 해주시겠단 말씀인가요?"

"맞아요. 채권시장도, 환율시장도 우리가 커버할게요."

"아이고!"

"기재부 장관께는 제가 이미 말씀드렸으니 이사장님은 지금부터 마음 푹 놓으시고 쉬세요."

"감사합니다. 정말 감사합니다."

윤기정이 통화가 끊어진 전화기를 향해 몇 번이고 고개를 조아렸다.

죽다가 살아난 느낌.

그는 숙였던 고개를 들어 멀뚱거리며 바라보는 투자 담당 국장을 향해 햇살 같은 웃음을 지었다.

"이사장님, 무슨 일입니까?"

"제우스가 막겠단다. 한국 시장은 이제 살았어!"

*   *   *

골드만삭스의 한국 투자 책임자 헨드릭스는 현장에서 직접 뛰어다니며 진두지휘를 했다.

일본 측이 주식시장과 채권시장을 스톱시킨다는 정보가 들어온 것은 10분 전의 일이었다.

일본이 그런 검토를 한다는 건 한국 측도 그럴 공산이 크다는 걸 의미했다.

그랬기에 무슨 수를 쓰더라도 최대한 주식을 매도하고 빠져나가야 했다.

전쟁은 인류가 만들어낸 가장 잔인한 행동이고 투자자에겐 최대의 적이기도 하다.

전쟁이 시작되어 한국이 투자시장을 묶어버린다면 골드만삭스는 치명적인 손실을 입게 될 테니 그의 마음이 급해지는 건 당연했다.

아마, 지금쯤 한국과 일본에 투자했던 투자 집단은 최단시간에 빠져나가기 위해 몸부림을 치고 있을 것이다.

"어떻게 됐어?"

"보스, 국민연금이 방어를 멈췄습니다. 같이 따라붙던 기관들의 자금도 회수되었어요."

"이런, 씨발. 그럼 셧다운 시키겠다는 뜻이야?"

"그럴 공산이 큽니다."

"으… 이 새끼들. 한국은 그 어떤 곳보다 안전하다고 생각했는데… 이거 큰일 났구먼."

"어, 아이고, 이게 뭡니까!"

담당 직원이 모니터를 보면서 소리를 지르자 헨드릭스가 급하게 달려들었다.

"뭐야, 왜 그래?"

"우리가 내놓은 물량을 누군가가 싹쓸이하고 있습니다. 어, 어… 주가가 무섭게 치고 올라갑니다."

"누구야, 도대체 누구야?"

"한국의 5대 증권에서 매수 물량이 동시에 쏟아져 나오고 있습니다. 정말 어마어마한 물량입니다. 이 정도면……."

"제우스!"

담당 직원이 뒤를 돌아보는 순간 헨드릭스의 눈이 찢어질 듯 커졌다.

골드만삭스뿐만 아니라 외국계 투자가들이 동시에 쌓아놓은 물량은 최소 3조 이상이었을 텐데 무려 20%까지 하락하던 주가가 순식간에 보합으로 바뀌어 버렸다.

거대한 자금이 움직여 매도 물량을 순식간에 잡아먹었다는 뜻이었다.

헨드릭스의 머리가 번개처럼 움직였다.

이 정도의 물량을 처단할 수 있는 건 전 세계에서 제우스가 유일했다.

그렇다면!

"야, 매도 중지. 프로그램 멈춰. 멈춰!"

"정말이십니까?"

"야, 이 새끼야, 네 눈에는 제우스가 나선 게 안 보여? 일단 매도 멈추고 채권시장 확인해 봐!"

헨드릭스가 소리를 고래고래 지르자 담당 직원이 부지런히 마우스를 돌렸다.

그런 후 어이가 없다는 듯 입을 떡 벌렸다.

"채권시장도 원상태로 돌아갔습니다. 한 방에 정리를 해버렸네요."

"환율은?"

"거기도 마찬가집니다."

그가 보여준 화면에는 701이란 숫자가 방긋방긋 웃고 있었다.

890원까지 치솟았던 환율이 언제 그랬냐는 듯 제자리로 돌아왔던 것이다.

"매도 중지, 우린 매도를 중지한다!"

"괜찮겠습니까. 상부에서 무조건 매도하란 지시가 내려왔잖습니까?"

"그건 제우스가 나서지 않았을 때 얘기지. 제우스가 나선 이상 한국 주식을 매도할 이유가 없어. 씨발, 아까워 죽겠네. 불과 4시간 만에 날린 돈이 2천억 정도는 되겠군."

헨드릭스가 혀를 차면서 인상을 긁었다.

무조건 빠져나가야 된다는 생각으로 산 가격보다 20%나 빠진 가격에 팔아댔으니 당연히 손실이 발생할 수밖에 없었다.

그나마, 다행인 것은 빠른 결단으로 인해 매도를 멈췄다는 것이었다.

*　　　　　*　　　　　*

기재부 장관은 싱글거리며 들어오는 금융 위원장을 바라보며 미소를 지었다.

전쟁을 앞둔 상황에서 이런 웃음을 짓는다는 건 어울리지 않았으나 지금은 충분히 웃을 수 있었다.

"불과 1시간 만에 싹 다 정리를 해버렸습니다. 진짜, 제우스는 요즘 젊은 애들이 말하는 것처럼 짱입니다."

"허허… 대단한 사람들이죠."

"이제 마음 놓고 차를 마실 수 있겠어요."

"그럽시다."

기재부 장관이 인터폰을 눌러 차를 주문하자 아리따운 비서가 차를 가지고 들어왔다.

금융 위원장은 요즘 들어 워낙 자주 오는 사람이라 따로 시키지 않아도 연한 아메리카노를 가져왔다.

금융 위원장이 커피 향을 음미하면서 차를 마신 후 기재부 장관을 응시했다.

"저는 아직도 의문입니다. 제우스가 왜 그랬을까요?"

"물어봐야죠. 저도 그게 궁금합니다."

"전쟁을 앞둔 상황에서 오히려 주가를 상승시키다니 정말 이해할 수 없어요. 투자 집단들은 손해를 보지 않는 게 제1원칙 아닙니까?"

"아무래도 제우스는 대한민국을 지키는 수호신인가 봅니다. 그렇지 않다면 그런 일을 벌이지 않았을 거예요."

"장관님이 복이 많은 것 같아요. 그런 거대 세력이 금융시장을 지키고 있으니 얼마나 든든하시겠어요."

"그건 나보다 금융 위원장님이 더 그렇죠. 방금 한국은행장한테서도 전화가 왔었습니다. 어젯밤 한숨도 못 자고 고민했는데 한 방에 해결됐다면서 좋아하더군요."

"그리고 보면 우린 전부 제우스 덕분에 살아난 사람들이네요."

"하하, 그런가요. 듣고 보니 그렇습니다. 나중에 정 회장하고 식사나 합시다. 은혜를 입었으니 작은 보답이라도 해야죠."

"당연한 말씀입니다. 그나저나, 금융 쪽은 해결됐는데 일본과의 문제가 걱정이에요. 전쟁이 벌어지면 경제에 엄청난 타격이 올 텐데요."

"어쩔 수 없습니다. 그자들과는 어차피 한 번은 부딪칠 운명이었어요."

"모든 산업이 전시체제로 전환되면서 수출이 마비되었습니다. 전쟁이 길어지면 우리나라는 상당한 피해를 입게 될 거예요."

"잘 극복해 내야죠. 대통령님이 곧 담화문을 발표하실 겁니다. 전쟁이 시작된 후에 말이죠. 대통령님은 전 국민이 일치단결해서 싸워주길 바라고 계십니다."

*   *   *

24시간, 정확히 하루.

그 하루 동안 세계의 초점은 온통 한국과 일본으로 집중되었다.

하지만 시간이 지나면서 양측의 분위기는 극명하게 갈리기 시작했다.

대한민국 대통령의 전쟁 선포가 터지자 처음에는 우익을 중심으로 결사 항전을 외치던 일본 국민들은 차츰 시간이 지나면서 공포에 사로잡혀 아수라장으로 변해갔다.

외국으로 빠져나가려는 자들로 인해 공항이 마비되었고 시위를 벌이고 있는 반대편에서는 일본 수상의 무리한 행동을 규탄하며 전쟁 반대를 외치는 맞불 시위가 벌어졌다.

그들은 이 전쟁이 한국을 자극한 일본 함대로 인해 발생한 것이라는 걸 잘 알고 있었다.

반대로.

대한민국 국민들은 차분한 마음으로 일본과의 전쟁을 대비하며 개전을 기다렸다.

만약을 대비해서 국가의 긴급 징집 명령을 기다렸고 일사불란하게 지원 체계가 갖춰졌다.

대한민국은 60년이 넘는 세월 동안 전쟁을 준비해 온 나라였다.

바로 턱밑에서 북한이란 존재가 위협을 해왔기 때문에 일본과 비교가 되지 않을 정도로 전쟁에 대한 공포감이 적었다.

물론 그 와중에도 해외로 도피하려는 자들은 있었지만 극소수였고 그런 자들은 국민들로부터 몰매를 맞았으며 정부의 제재로 인해 박살이 났다.

앞으로 그자들은 배신자란 낙인이 찍혀 다시는 대한민국에서 살아가지 못할 것이다.

대한민국 국민들이 당당하게 전쟁에 임할 수 있는 건 급격하게 신장된 군사력으로 일본에 절대 지지 않을 것이란 자신감이 있었기 때문이었다.

대한민국은 이제 과거의 힘없던 나라가 아니다.

세계를 향해 진군했고 미래를 향해 비상하는 대한민국은 국민들에게 자랑이자 반드시 지켜야 할 소중한 존재였다.

*   *   *

긴장감이 팽팽했던 시간이 느리게 흘러갔다.

무언가를 기다리는 사람들에게 시간의 흐름은 더없이 느리게 느껴진다.

그리고 그 기다리는 것이 전쟁인 이상 양측 국민들이 느끼는 긴장감과 불안은 극에 달할 수밖에 없었다.

일본 수상이 긴급 담화문을 위해 수상 관저에서 나온 것은 개전을 불과 1시간 남겼을 때였다.

전 세계의 이목이 집중되었다.

이런 상황에서 일본 수상이 직접 나선다는 건 뭔가 중요한 결정을 발표하는 것이기 때문이었다.

연단에 나타난 일본 수상의 얼굴은 초췌해질 대로 초췌해져 있었는데, 엄청난 고민과 압박에 시달린 게 분명했다.

"친애하는 국민 여러분, 한국은 일본을 향해 전쟁 선포를 해왔고 이제 남은 시간은 불과 1시간뿐입니다. 저는 일본과 한국의 미래를 위해 무슨 수를 쓰든 전쟁만큼은 피해야 된다고 생각합니다. 누가 이기고 지고의 문제가 아니라 전쟁은 수많은 인명과 경제의 파탄을 불러일으키는 저주스러운 행위이기 때문입니다. 따라서 일본 정부는 이 전쟁을 피하고자 합니다. 이번 독도를 무단침입 하면서 일본 함대가 한국 영해를 침범한 사실을 솔직히 인정하며 한국 측에 사과드립니다. 또한, 과거 한국을 침략하면서 지질렀던 만행과 강제징집, 그리고 위안부 동원에 대해서도 이 자리를 빌려 정중하게 유감을 표하는 바입니다. 독도는 양측이 첨예하게 대립되어 오랜 시간 영토분쟁을 해왔지만 그것 역시 한국의 실효적 점유가 상당 기간 지속되어 왔다는 점을 감안하여 독도의 영토권이 한국에게 있음을 인정하겠습니다. 이에, 한국 정부는 일본 정부의 공식적인 사과를 받아들이고 전쟁 선포를 철회해 주시길 정중하게 요청하는 바입니다."

*　　　　*　　　　*

최창호는 대학 졸업 후 군대를 다녀왔고, 곧장 회사에 입사해서 2년 차였다.

그에게는 6개월 후 결혼을 약속한 사랑하는 여자가 있었다.

대학 1학년 때부터 사귀었으니 무려 9년을 사귄 사람이었다.

늦은 나이에 군대를 갔지만 그녀가 떠날 거란 걱정을 한 번도 하지 않았다.

그에게도 그녀에게도 두 사람은 운명이었으니까.

정말 열심히 살 생각이었다.

비록 부유한 집안에서 태어나지 못했지만 열심히 공부해서 괜찮은 회사에 입사했기 때문에 그녀와 함께 행복한 삶을 꿈꾸었다.

그런데 이런 일이 벌어지고 말았다.

청천벽력.

그렇다, 대통령의 전쟁 선포는 그야말로 청천벽력이나 다름 없는 것이었다.

"너무 걱정하지 마. 잘될 거야."

"창호 씨, 설마 창호 씨도 전쟁에 나가는 건 아니지?"

"그건……."

그녀의 질문에 쉽게 대답하지 못했다.

왜냐하면 그는 해군 출신으로 구축함에서 레이더 임무를 맡았었기 때문이었다.

해군 중에서도 레이더병은 극소수로, 군복무를 할 때 선임 장교는 그를 보고 전쟁이 발발하면 징집 대상 1순위라고 놀려대곤 했다.

쉽게 밥이 목구멍으로 넘어가지 않았다.

이제 전쟁 발발까지 남은 시간은 불과 1시간 남짓.

어쩌면 그녀와 함께하는 저녁 식사가 오늘로 마지막이 될지 모른다.

그녀에게 말하지 못했지만 국가가 부른다면 결연히 나갈 생각이었다.

사랑하는 사람이 있었고 행복한 미래를 꿈꾸었으나 이 전쟁은 민족의 운명이 달린 것이었으니 거부하거나 도피할 생각은 전혀 없었다.

식당에 있던 사람들이 웅성거리기 시작한 건 식사를 모두 끝낸 그가 계산을 하기 위해 카운터로 걸어갈 때였다.

사람들의 웅성거림이 커졌고 그들의 시선이 향한 곳으로 고개를 돌리자 한쪽 벽면에 걸려 있던 텔레비전에서 일본 총리의 긴급 담화문 발표 예고 방송이 흐르고 있었다.

자신도 모르게 자석에 이끌리듯 텔레비전 쪽으로 향했다.

이미 사람들은 식사를 멈추고 주춤주춤 다가와 텔레비전 앞에 옹기종기 모여 앉았는데, 총리 관저로 보이는 건물 앞에 수많은 기자들이 포진하고 있는 게 보였다.

"창호 씨, 나… 겁나."

"겁낼 필요 없어. 무슨 말 하는지 들어보고 우리 집에 가자."

"응."

사실 별 기대는 하지 않았다.

일본은 지금까지 대한민국을 깔보는 태도로 일관해 왔기 때문에 일본 총리의 담화문은 전쟁 선포를 한 대한민국의 도발을 비난하는 내용으로 가득 차 있을 것이라고 예상했다.

그리고 일본 총리가 나타난 후 입을 여는 순간 모든 사람들이 꿀꺽 침을 삼키는 게 보였다.

초긴장 상태.

말은 별 기대하지 않는다고 했지만 전쟁을 앞둔 상황이었으니 일본 총리의 담화문 발표는 최창호의 신경을 올올이 곤두서게 만들었다.

이윽고.

"…이번 독도를 무단 침입하면서 일본 함대가 한국 영해를 침범한 사실을 솔직히 인정하며 한국 측에 사과드립니다. 또한, 과거 한국을 침략하면서 지질렀던 만행과 강제징집, 그리고 위안부 동원에 대해서도 이 자리를 빌려 정중하게 유감을 표하는 바입니다. 독도는 양측이 첨예하게 대립해 오랜 시간 영토분쟁을 해왔지만 그것 역시 한국의 실효적 점유가 상당 기간 지속되어 왔다는 점을 감안하여 독도의 영토권이 한국에게 있음을 인정하겠습니다. 이에, 한국 정부는 일본 정부의 공식적인 사과를 받아들이고 전쟁 선포를 철회해 주시길 정중하게 요청하는 바입니다."

일본 총리가 담화문 발표를 끝내고 고개를 숙이는 순간 최창호는 입을 떠억 벌린 채 아무 말도 하지 못했다.

그건 모여 있던 사람들도 마찬가지였다.

하지만 그 정적은 잠시 후 거대한 함성으로 변했다.

최창호는 미친 사람처럼 소리를 지르며 애인을 끌어안고 하늘로 솟구쳤다.

일본 총리의 담화문 내용은 명확하고 또 명확했다.

만세다, 전쟁터에 안 나가도 된다!

*   *   *

일본 총리의 담화문 내용은 번지르르하게 포장되었으나 항복 선언이나 다름없었다.

그랬기에 대한민국 국민들은 만세를 부르며 기뻐했고 일본 우익들은 땅을 치며 통곡을 했다.

유구한 역사 동안 한 번도 잘못을 인정하지 않았던 일본의 수치가 현실화되자 일본 우익들은 10여 명이 할복하면서 이번의 결정을 죽음으로 반대했다.

그러나 그건 일본 우익의 작은 몸부림에 불과했을 뿐.

전 세계는 일본의 결정을 긴급으로 타전하며 전쟁을 방지한 일본 총리의 결정을 높이 치하했다.

모두 저마다의 이익이 달렸기에 한 행동들이다.

일본에게는 씻을 수 없는 치욕이었으나 다른 나라의 수장들은 그런 것을 개의치 않았다.

그들에겐 일본의 치욕보다 비틀거리는 경제가 더 중요했고 금융시장의 안정과 평화가 더 간절하게 필요했다.

"대통령님, 일본 총리가 연결되었습니다."

"알았습니다."

대통령이 고개를 끄덕이자 외교부 장관이 즉시 스위치를 눌렀다.

거대한 화면에 뜬 일본 총리의 얼굴은 담화문 때보다 더욱 초췌하게 변해 있었다.

"총리님, 힘든 결정을 하셨습니다. 대한민국의 대통령으로서 감사드립니다."

"아닙니다. 제 결정을 받아들여 전쟁 선포를 취소해 주신 점 진심으로 감사드립니다."

"늦게나마 일본은 올바른 선택을 하셨습니다. 우리 대한민국은 오랜 세월 일본이 이런 결정을 하길 기다려 왔습니다."

"음……."

대통령의 말에 일본 총리가 잠시 아무런 말을 하지 못했다.

그로서는 이 순간이 죽기보다 싫었을 것이다.

언제나 깔보던 한국.

일본 국민들은 한국이 급속도로 발전했음에도 삼류 국가란 인식을 가진 채 한국 제품을 사용하지 않았다.

그것은 지금도 마찬가지.

그런 한국에게 치욕스러운 사과를 했으니 그의 심장은 갈가리 찢겨 나가는 것처럼 고통스러울 것이다.

"총리님이 담화문에서 말씀하신 것처럼 전쟁은 모든 사람들을 고통스럽게 하는 결정입니다. 그럼에도 우리 대한민국이 그런 결정을 했던 것은 여전히 우리를 깔보고 홀대해 왔던 일본의 오만을 징계하기 위함이었습니다. 총리께서 대한민국에 경제제재를 가했고 독도의 영토권을 주장했던 이유가 국민들을 하나로 뭉치게 만들어 헌법을 개정하기 위함이었던 것을 잘 알고 있습니다. 양국이 전쟁 직전까지 가야 했던 근본적인 이유지요. 저는 수상님께 단연코 말씀드리겠습니다. 헌법을 고쳐 군사 대국으로 전환하려는 야망을 멈추십시오. 그리될 경우 양국은 또다시 불행한 역사를 반복하게 될 것입니다."

"대통령님, 헌법의 개정은 일본의 일입니다. 비록 우리 일본이 그동안의 잘못된 역사를 바로잡고자 사과를 했으나 국정에 개입하는 건 받아들일 수 없습니다."

"총리께서는 뭔가 오해를 하시는군요. 저는 일본의 내정에 간섭하려는 게 아닙니다."

"그럼 뭡니까?"

"경고를 하는 겁니다. 헌법을 고쳐 주변의 국가를 압박하려는 행동에 대한 경고 말입니다."

"으……."

"만약 일본이 그런 시도를 한다면 우리 대한민국은 결코 좌시하지 않을 것입니다. 일본의 잘못은 과거의 역사만으로도 충분합니다. 우리는 다시 일본이 그런 오판을 하지 않도록 냉정하게 지켜볼 생각입니다."

대통령의 눈은 호랑이처럼 번쩍거리고 있었다.

말은 부드럽게 했으나 그 속에 담긴 내용은 명확했고 무서운 것이었다.

함부로 까불지 말라.

그런 행동을 할 경우 정말 확실하게 죽여 버리겠다는 경고다.

그랬기에 일본 총리는 아무런 말도 하지 못하고 멍하니 있기만 했다.

힘이 있는 국가가 정의라고 했느냐?

보거라.

이것이 역사상 최강국으로 발돋움한 대한민국의 정의다.

*　　　　　*　　　　　*

"어서 오게. 내 얼굴 어떤가? 한 10년은 더 늙어 보이지 않아?"

"하하… 아직 정정하십니다."

"그런 소리 하지 말게. 요즘 며칠 동안 뜬눈으로 살았더니 피곤해서 죽을 지경이야."

"그런데 저를 왜 부르셨어요. 충분히 쉬지 않고요."

"술 마시고 싶었거든. 생각 같아서는 북한산에 혼자 올라가 춤추면서 큰 소리로 아리랑을 부르고 싶은데 그건 안 되잖아."

"그렇게 좋으셨습니까?"

"자네도 해보게. 난… 정말, 내일 죽어도 여한이 없다네."

술을 마시며 이병웅을 바라보는 대통령의 얼굴에서 광채가 쏟아져 나오는 것 같았다.

대한민국 역사상 그 누구도 보여주지 못했던 패기로 일본을 제압한 대통령.

현재 국민들은 거리에서 인터넷에서 대통령을 연호하고 있었는데, 그를 역사상 최고라고 칭송되는 세종대왕과 비견하고 있었다.

일본 총리의 담화문이 끝나고 전쟁 선포가 취소된 후 긴급으로 조사된 대통령 지지도는 무려 93%를 기록했으니 이것 또한 역사상 처음 있는 일이었다.

"정말 살 떨리는 순간들이었어."

"잘 해내셨습니다."

"휴우, 지금 생각해도 아찔해. 각료들과 각 군의 총장들이 반대했으면 아마 나는 그렇게 하지 못했을 거야."

"거짓말하지 마세요. 그분들이 반대했어도 대통령님은 그렇게 하셨을걸요."

"어허, 자네가 그걸 어떻게 알아?"

"벌써 대통령님과 술을 마신 게 10번도 넘습니다. 당연히 그 정도는 파악했죠."

"내가 이 사람아, 정치 경력만 40년이 넘어. 정치인들은 능구렁이란 말일세. 술 몇 번 마신 걸로 성격 파악을 했다고 생각하면 오산이야."

"저는… 제우스의 주인입니다."

이병웅이 피식 웃으며 술잔을 들어 올리자 대통령의 표정이 슬쩍 굳어졌다.

그렇지.

필요할 때마다 불러들여 술을 마셨지만 이병웅은 대한민국을 넘어 세계를 통째로 흔들어놓을 만큼 거대한 힘을 가진 남자였다.

워낙 소탈한 성격을 가졌고 이병웅이 친근하게 대했기에 가끔 그의 지위를 잊기도 했지만, 대통령인 이병웅도 어쩌지 못할 만한 거인이었다.

그랬기에 대통령은 잠시 이병웅을 바라보다 피식 웃었다.

"내가 잠시 잊었었군. 그렇지, 자네는 예외로 하세."

"제가 건방을 떤 것 같습니다. 죄송합니다."

"고맙네."

"예?"

"자네가 아니었으면 이번 일, 이렇게 잘 넘어가지 못했을 거야."

"저는 예상 시나리오만 말씀드렸을 뿐입니다. 일을 결정하고 추진한 것은 전부 대통령님이 하신 겁니다."

"그렇지가 않아. 자네의 시나리오는 완벽했고 나는 그걸 믿었네. 그러고 보면 시간이 갈수록 내가 자네를 너무 의지하는 것 같아 걱정이 된다네."

"도울 수 있는 건 그게 무엇이든 도와드린다고 약속했잖습니까. 그러니 그런 걱정은 하지 마세요."

"고맙네. 허어, 또… 쯧쯧. 자네를 만나면 고맙다는 소리가 아주 입에 붙어서 나와. 대통령이 채신머리없게."

대통령이 계면쩍은 듯 혀를 차자 이병웅이 빙그레 웃었다.

국민들을 향해 결연한 자세로 일본을 질타하던 모습은 어디서도 찾아볼 수 없었고 지금은 그저 길거리 어디서나 볼 수 있는 할아버지와 같았다.

우리나라 국민들은 복이 많다.

전임 대통령에 이어 이런 대통령을 또 가졌으니 대한민국은 계속해서 발전을 거듭해 나갈 것이다.

"자, 술도 대충 들어갔고 우리끼리 공치사도 다 했으니 앞으로의 일에 대해서 상의해 보세."

"앞으로의 일이라뇨? 대통령님, 전쟁이 벌어질 뻔한 게 이틀 전 일입니다. 그거 수습하는 데도 정신이 없을 텐데 벌써 다른 걸 생각하고 계신단 말이에요?"

"처음엔 아니었는데 자네를 보니까 그냥 보내기 아깝잖아. 떡 본 김에 제사 지낸다고 이왕 자네를 봤으니 최대한 빼먹어야지."

"아이고, 대통령님, 전 청와대 직원 아닙니다. 저를 부려먹을 생각이라면 돈을 주세요. 이래 보여도 제 몸값이 엄청 높답니다."

"예끼, 이 사람아. 난 돈 없어!"

"대한민국 대통령이 돈 없다는 게 말이나 됩니까. 대한민국 한 해 예산이 얼만데요."

"그게 내 돈인가? 나랏돈 함부로 쓰면 국민들이 그냥 안 둬."

"일 때문에 쓰는 건데 이해해 주겠죠."

"자네한테 자문을 받는 건 내 개인적인 일이잖아, 공식적인 일이 아니라!"

"그래서 기어코, 공짜로 부려먹겠다고요?"

"응."

"휴우, 할 수 없군요. 돈 없다고 우기시니까 안 받겠습니다. 그래, 저한테 어떤 걸 원하세요?"

"미국."

"그건 어려운 일이네요. 지금 당장 함부로 말씀드릴 내용이 아닌데요."

"고민 좀 해주게. 아무래도 시간이 얼마 남지 않은 것 같아. 미국은 중국을 어느 정도 손본 상태라 곧 우리에게 화살을 겨눌걸세. 정통한 정보에 따르면 미국 내부에서 갤럭시 자동차와 삼전의 반도체, 이지스의 주력 제품에 대한 관세 문제를 논의하고 있다네."

"저도 들었습니다."

"벌써?"

"그 정보는 제가 정설아 회장을 통해 외교부 장관 쪽에 넘겨준 겁니다."

"어허… 자넨 도대체……."

"대통령님의 걱정, 충분히 알겠습니다. 보름만 주십시오. 미국의 약점을 찾아내서 최대한 효율적인 대책을 만들어 드리죠."

"정말인가?"

"그 대책은 윤명호 회장이 가져올 겁니다."

"왜, 자네가 안 오고?"

"대통령님, 전 표면적으론 엄청 유명한 가수입니다. 이런 일은 어차피 각료들과 각계 전문가들의 의견이 필요할 테니 윤 회장님이 더 어울릴 거예요."

"크음… 그렇지. 잠깐씩 깜빡깜빡해. 자네가 가수란 걸 말이야."

제44장
코로나 19

한일 간의 전쟁 공포에서 벗어난 세계의 주식시장은 다시 회복을 시작했다.

대한민국의 주식시장은 위상을 한층 강화하며 오히려 상승을 했지만 일본의 주식시장은 그렇지 않았다.

누가 봐도 일본이 항복한 형태.

시장은 냉정하다.

비록 전쟁은 벌어지지 않았지만 일본의 위상이 축소되면서 투자가들은 예전처럼 일본 시장에 대한 매력을 느끼지 못했다.

이병웅이 미국으로 날아간 것은 홍철욱의 급한 콜이 있었기 때문이었다.

홍철욱은 제우스에서 가장 커다란 포지션을 차지하고 있는 미국 시장을 담당하며 요즘 정신이 없었는데, 상의할 일이 있다며 무조건 오라고 해서 이병웅은 황수인까지 떼놓고 미국행 비행기에 올랐다.

홍철욱은 최근 들어 여러 번 전화를 해서 자신의 고충을 토로했다.

그는 이병웅의 지시에 따라 주식을 매도하고 있었는데 주식을 매도한 자금은 채권과 대도시의 부동산에 투입하느라 정신이 없을 정도로 바빴다.

"휴우, 난 진짜 전쟁이 나는 줄 알고 정말 힘들었어."

"왜?"

"생각해 봐. 전쟁이 난다는데 그냥 여기에 있어야 된다는 게 정말 괴롭더라. 우리 교민들, 특히 유학생들은 일본과 전쟁이 벌어진다고 하자 전부 귀국 준비를 하고 있었어. 그런 사람들을 보며 진짜 고민 많이 했어."

무슨 뜻인지 알겠다.

일본과의 전쟁이 결정되자 전 세계에 퍼져 있던 대한민국 사람들은 귀국행을 결정하고 공항으로 향했다.

오죽하면 전 세계 언론이 특종으로 그런 사실을 알렸을까.

대한민국 사람들은 일본인들과 다르게 전쟁터로 변해 버릴 땅을 향해 미친 듯 돌아가려 했다.

그들은 자신들의 목숨을 버리는 한이 있더라도 소중하고 자랑스러운 조국을 지키고 싶어 했던 게 분명하다.

그런 일로 대한민국의 국민들은 그 옛날 중동전에서 보여주었던 이스라엘인들의 귀국 행렬과 비교되며 세상을 떠들썩하게 만들었다.

"그렇겠네. 그리고 보니 우리 철욱이 애국자구먼."

"이 자식아, 거기에 우리 부모님이 다 계셔. 누나와 동생들도 있고."

"하하… 역시 착해. 그래서 왜 날 여기까지 부른 거야?"

홍철욱이 눈을 부라리자 이병웅이 웃으며 본론으로 들어갔다.

웬만해서는 대부분 화상통화와 자료로 대신했는데 홍철욱이 그를 긴급하게 부른 건 커다란 일이 있기 때문일 것이다.

"몇 가지 중요하게 해결할 일이 있어."

"뭔데?"

"우리가 자금을 빼기 시작하자 거대한 투자자들이 따라서 매도를 하는 중이야. 난, 처음엔 당연하다고 생각했어. 그만큼 제우스의 영향력이 크기 때문이라 생각했던 거지."

당연한 일이다.

전 세계 금융시장에서 제우스가 차지하고 있는 영향력은 압도적이었으니 돈 냄새라면 귀신같이 맡는 스마트머니들이 그냥 있을 리 만무했다.

"그래서?"

"스마트머니들이 팔고 있어도 주식시장은 계속 오르는 중이야. 잠시 한일 간 전쟁 위협 때문에 주춤했지만 글로벌자금들이 전부 미국으로 몰려들면서 폭등 장세를 연출하고 있어."

"다른 나라의 성장은 계속 하락 중이지만 미국 경제는 여전히 탄탄하니까."

"웃기는 건 스마트머니가 계속 주식을 던지는 게 우리 때문이 아니라는 거야."

"무슨 소리지?"

"며칠 전 제시카에게서 전화가 왔는데 스마트머니가 주식을 던지는 건 중국 때문이래."

"중국? 중국이 왜?"

"미국 CIA에서 은밀하게 흘러나온 정보에 따르면 중국 우한에서 바이러스가 창궐 중인데 문제가 심각한가 봐."

"사스나 메르스 같은 거?"

"그런 거지."

"이 자식아… 바이러스는 주기별로 나타났다가 사라져. 단순한 전염병은 잠시 금융시장을 흔들지만 언제나 다시 원래 자리로 돌아갔어. 짧은 시간 만에."

"아냐, 이번엔 더 알아볼 필요가 있어. 그리고 미국의 부동산 시장이 이상한 것 같아. 아무래도 부동산시장 느낌이 안 좋아. 계속 빌딩을 매입하는 것도 재고가 필요해."

"음… 그게 다냐?"

"아니, 사실 널 부른 건 제시카 때문이었어. 제시카가 아파. 병원에서 위암 진단을 받았다."

"뭐라고!"

"제시카는 너에게 연락하지 말라고 했지만 난 그럴 수 없었어. 그래서 널 부른 거야."

"제시카는 지금 병원에 있어?"

"메릴랜드 병원. 며칠 있다가 수술을 받는대."

어쩐지 이상하다 했다.

주식 매도를 지시한 건 자신이었고 현재 전 세계 주식시장에서 제우스의 자금은 60%나 빠져나온 상태였다.

중국 우한의 바이러스 정도는 자신을 부를 정도의 일이 아니었고 부동산의 이상한 움직임도 마찬가지였다.

이미 주식 매도를 진행하고 있는 중이었으니 바이러스의 창궐은 의미가 없었고 부동산 매입은 먼 미래를 대비한 것이라 당장의 흔들림에 연연할 일이 아니었다.

제시카.

그녀와 인연을 맺은 지 참 오랜 시간이 지났다.

2008년 금융위기 때 만났으니 햇수로 벌써 12년이나 흘렀다.

제우스가 상당한 정보망을 구축했음에도 그녀가 주는 정보의 대부분은 제우스팀이 파악할 수 없을 정도로 최고급 정보들이었다.

그로 인해 제우스가 얻은 이익은 상상하지 못할 정도로 컸다.

물론 그녀에게 매년 20만 달러를 지급했다.

제시카는 싫다고 했지만 이병웅은 그녀의 거절을 무시하고 꼬박꼬박 입금을 시켰다.

삶이란 언제나 하나를 받으면 하나를 돌려주어야 하는 법이니까.

그런 그녀가 위암에 걸렸다는 말을 듣자 망치로 머리를 맞은 것처럼 멍해졌다.

그녀의 얼굴을 본 지 벌써 2년이나 지났다.

수시로 통화를 하며 안부를 물었고 정보를 들었지만, 그녀를 마지막으로 본 건 2년 전 미국 콘서트 때였다.

*   *   *

메릴랜드 병원에 이병웅이 나타나자 병원 전체가 활기로 가득 찼다.

병원은 아픈 사람들이 있는 곳이기에 언제나 차분한 분위기에 젖어 있는 곳이었지만 이병웅의 출연은 그런 차분함을 단박에 바꾸어놓았다.

그는 여전히 슈퍼스타였고 세계 모든 사람들의 사랑을 받는 존재였다.

초췌해진 얼굴.

처음 봤을 때의 제시카는 30대 후반이었고 더없이 아름다운 여인이었으나 세월의 흐름과 병마에 시달리며 허약한 몸으로 그를 맞이했다.

가슴이 아팠다.

인연을 맺어온 여인의 몰락을 보는 것 같아 더없이 미안했고 더없이 서운했다.

"제시카……."

"병웅, 어떻게 왔어? 철욱이 연락했구나. 그렇지?"

"응."

"휴우, 오지 않기를 바랐는데… 병웅에게 이런 모습 보여주기 싫었어."

"당신은 바보야. 이렇게 아프면 바로 연락을 했어야지. 내가 다른 사람의 입을 통해 당신이 아픈 걸 알아야겠어?"

"미안해."

"일주일 후에 수술받는다며? 의사가 그러더라, 초기는 놓쳤지만 충분히 완쾌할 수 있다고 했어."

"나도 그렇게 들었어. 하지만 겁나."

의사는 그녀의 몸에서 이미 암세포가 독버섯처럼 자라고 있다는 것을 말해주었다.

중기에 들어선 상태.

결코, 수술한다 해서 안심할 처지가 아니었다.

그럼에도 이병웅은 그녀의 손을 잡은 채 별것 아닌 것처럼 활짝 웃었다.

"이제부터는 내가 수술할 때까지 옆에 있을게."

"안 돼. 병웅이 여기 있으면 내가 너무 불편해. 난 여자야. 그것도 병웅과… 그러니까 싫어."

"제시카가 아프잖아. 제시카가 아픈 건 내가 아픈 것과 마찬가지야."

"고마워. 하지만 그렇게 하지 마. 나 정말 싫어."

"그래, 알았어."

고마움과 슬픔이 번갈아 나타나는 그녀의 눈을 보며 이병웅은 어쩔 수 없이 고개를 끄덕였다.

어쩌면, 그녀의 마음을 알 것 같았다.

여자로서 언제까지라도 예뻐 보이고 싶었던 그녀의 마음은 이병웅이 함께 있는 순간부터 고통에 사로잡히게 될 것이다.

"노래 불러줄까?"

"정말?"

"불러줄게. 내 노래를 들으면 빨리 완치될 수 있을 거야."

이병웅은 그녀의 곁에 앉아 기타를 꺼내 들었다.

그런 후 한동안 잔잔한 음성으로 노래를 불러주었다.

노래를 부르던 그 시간.

제시카는 웃었다가 울기를 반복하며 이병웅의 노래에 마음과 몸을 모두 맡겼다.

노래를 듣는 순간 그녀는 병자가 아니라 아리땁고 순진한 소녀가 된 것 같았다.

"너무 행복해. 날 위해 불러준 병웅 씨의 노래는 내 인생에서 가장 아름다운 추억으로 남을 거야."

"그런 소리 하지 마. 얼른 나아서 우리 같이 밥 먹자."

"응."

초췌한 얼굴로 그녀의 얼굴에서 햇살 같은 미소가 피어올랐다.

자리를 털고 일어나 그의 말대로 함께 식사를 할 수만 있다면 너무나 행복할 것 같았다.

"병웅 씨, 철욱 씨한테 중국 이야기 들었지?"

"우한에서 바이러스가 퍼진다는 이야기?"

"벌써 보름 전에 들은 정보야. 내가 아파서 더 신경을 쓰지 못했지만 아무래도 큰 문제가 생긴 것 같아."

"바이러스는 예전부터 있었잖아. 별문제 없을 거야. 그러니 제시카는 그런 거 신경 쓰지 말고 병 나을 생각이나 해."

"아냐, 이번 건 예전과 달라. 그 전파 속도가 엄청 빠르고 광범위하다는 정보야. 지금 중국에서는 쉬쉬하고 있지만 우한은 심각한 모양이야. 그러니까 병웅 씨, 현지 상황을 정확하게 알아봐."

"알았어. 내가 알아볼게."

제시카는 세계 최고의 로비스터이자 정보 사냥꾼이었다.

그랬기에 그녀는 정보를 제공하면서 어떤 감정도 보이지 않았다.

세계 최고의 로비스터로 살아오면서 자연스럽게 몸에 밴 습관인 것 같았다.

그런 그녀가 이 정도로 당부를 한다는 건 그만큼 중국의 상황이 심각하다는 걸 의미했다.

사실, 이병웅도 어느 정도 짐작하고 있었다.

스마트머니가 눈치를 채고 금융시장에서 철수한다는 건 이번 바이러스가 과거에 있었던 바이러스 정도가 아니라는 뜻이었다.

*　　　　　*　　　　　*

상해에서 살고 있는 문현수는 이병웅의 갑작스러운 전화를 받고 인상을 찌푸렸다.

바이러스?

이병웅은 친구 관계를 떠나 특별한 놈이다.

지금까지 지내온 세월 동안 이병웅이 이상한 지시를 한 건 한두 번이 아니었다.

그때마다 이유를 캐묻기도 했고 반발도 했지만 시간이 지나면서 그런 경우가 점점 많아지자 포기를 했다.

그의 지시는 언제나 놀라운 결과를 만들면서 엄청난 제수스의 성장 동력을 만들었기 때문이었다.

전화를 끊고 곧바로 인터넷에 들어가 우한의 정보를 찾았으나 특별한 게 보이지 않았다.

우한은 중국 생산기지의 심장이자 글로벌기업들이 대거 포진한 도시였다.

지리적 특성상 대륙의 중심에 위치했기 때문에 사방팔방으로 교통이 원활했고 인구도 천만 명이 넘었다.

"들어와."

노크 소리를 들은 문현수가 입을 열자 조심스럽게 문이 열리며 비서실장인 장성의 모습이 나타났다.

"회장님, 부르셨습니까?"

"긴급히 우한에 사람들을 파견해야겠어."

"우한에요?"

"은밀하게 우한의 상황을 알아봐. 혹시, 자네. 우한에 바이러스가 퍼진다는 소식 들어봤나?"

"들었습니다."

"들었어?"

"그쪽에 제 의사 친구가 있습니다. 요즘 그곳에 괴질이 발생해서 환자들이 속출하고 있다는 말을 들었습니다."

"그런데, 왜 언론에는 아무것도 나오지 않았지?"

"회장님… 중국은 그런 곳입니다. 사회에 문제가 있어도 공산당의 허락이 없으면 알려지지 않습니다. 아마 언론에 나오지 않는다는 건 그런 이유일 겁니다."

"무슨 말인지 알겠다. 일단, 사람들을 보내. 철저하게 보건에 신경 쓰고 조사를 시켜."

"알겠습니다."

*   *   *

문현수의 지시에 제우스의 정보팀이 우한으로 급파된 것은 지시를 받은 다음 날이었다.

7명으로 구성된 정보팀은 철저한 방역 대책을 세우고 우한으로 향했는데 일주일이 지난 후 부랴부랴 돌아왔다.

정보팀으로부터 보고를 받은 비서실장 장성의 얼굴은 사색으로 변했는데, 보고서에 담긴 내용이 믿기지 않을 정도로 엄청났기 때문이었다.

"회장님, 이거 아무래도 심각합니다. 괴질에 걸린 사람들의 숫자가 헤아릴 수 없을 정돕니다."

"얼마나?"

"병원 전체가 마비될 정도랍니다. 사망자도 한둘이 아니라네요."

"사람이 죽어?"

"상당히 많은 숫자가 죽어나가고 있습니다. 병원을 찾은 사람들은 고열과 기침, 통증을 호소하는데 죽은 사람들은 대부분 폐렴 증상을 보였답니다. 아무래도 일반 감기는 아닌 것 같습니다."

"그런데 왜 정부에서는 가만히 있어. 그 정도면 사람들한테 알려서 막아야 되는 거 아냐?"

"저희가 파악한 바에 따르면 북경 정부에서 입막음을 시켰습니다. 그래서 우한 시장은 단순 감기가 유행하고 있으니 가급적 조심하란 말만 하고 있답니다."

"이런 미친 새끼들이 있나!"

이병웅은 문현수의 전화를 받으며 눈썹을 끌어 올렸다.

이번 괴질이 사스나 메르스보다 더 무섭다는 말을 들었기 때문이었다.

그럼에도 그는 쉽게 결론을 내리지 않고 추가 조사를 지시했다.

인간은 질병에 더없이 취약한 존재고 괴질이 발생할 때마다 공포에 질려 올바른 판단을 하지 못하는 경우가 왕왕 있다.

따라서 정확한 사실을 파악하기 위해서는 보다 면밀한 조사가 필요했다.

"심상치 않다지?"

"응, 생각보다 훨씬… 문제는 중국 정부의 태도가 석연치 않다는 거야. 괴질이 돌면 당연히 방역을 시작해야 되는데 아직 아무런 움직임이 없다네."

"당연한 일이야. 그들은 미중 무역 분쟁 때문에 경제체질이 약해질 대로 약해졌어. 민간기업들이 무너지면서 지방은행들이 파산 중이고 더군다나 중국 주석은 올해를 중국몽의 실현 연도로 공포해 놨기 때문에 여러모로 고민이 많을 거야."

"더 조사해 보라고 했어. 사스나 메르스 정도인데 과장되었을지 모르니까."

"난 정보를 줬으니 이젠 병웅 씨가 알아서 잘해."

"걱정하지 말고 쉬어. 제시카보단 못하지만 우리 제우스도 꽤나 쓸 만하거든."

"하아… 조금 힘들다. 병웅 씨, 이젠 가봐. 나 잘래."

"그래, 내일 다시 올게."

"도대체 언제까지 올 거야? 병웅 씨 와이프가 기다릴 텐데 돌아가야지."

"괜찮아."

"이젠 그만 돌아가도 돼. 내 몸은 곧 좋아질 거야. 병웅 씨 때문에 병원이 온통 난장판으로 변했단 말이야. 수술도 끝났으니까 그만 돌아가. 제발."

"알았어."

"약속한 거야. 내일까지만 오고 더 이상 오면 안 돼. 알았지?"

제시카가 피곤을 참지 못하고 눈을 감는 걸 보며 이병웅은 자리에서 일어나 병실을 빠져나왔다.

벌써 10일째.

수많은 언론들이 몰려들었음에도 이병웅은 매일 같은 시간에 제시카의 병실을 찾아 2시간 정도 머물다가 돌아갔다.

언론이 의아해하는 건 당연한 일이었다.

지상 최고의 스타가 매일 병문안을 온다는 건 제시카와의 관계가 그만큼 깊다는 걸 의미했기 때문이었다.

제시카의 수술은 잘 끝났지만 의사는 완쾌에 대해 어떤 답변도 내놓지 않았다.

인간이 정복하지 못한 암이란 괴물은 수술이 잘 끝났다 해서 안심할 수 없는 놈이다.

더군다나 제시카는 2기를 넘어선 상태였기에 위의 절반가량을 잘라낼 수밖에 없었다.

돌아가야 했지만 쉽게 발걸음이 떨어지지 않았다.

혹시라도 돌아간 후에 제시카가 잘못될지 모른다는 불안감이 그의 걸음을 떼지 못하게 만들고 있었다.

*　　　　*　　　　*

문현수가 3차 조사까지 끝내고 전화를 했을 때 이병웅은 한국으로 돌아와 있었다.

의사로부터 제시카의 몸 상태가 상당히 호전되었다는 말을 들었기 때문에 홀가분한 마음으로 새해를 한국에서 맞을 수 있었다.

"병웅아, 현장에서 일하는 의사들 말에 따르면 우한 쪽에서 발생한 건 변종바이러스가 맞대. 메르스나 사스보다 전염력이 훨씬 강해서 급속도로 퍼져 나가는 중이란다."

"치사율은?"

"그건 의사들도 몰라. 정부에서 은폐를 하기 때문에 사망자 수 집계가 되지 않나 봐. 상당수의 사람들이 치료조차 받지 못하고 죽어서 더 그런 것 같아."

"큰일이군."

"왜?"

"조금 있으면 중국은 춘절이야. 인구 대이동이 시작된단 말이다."

"헉, 그걸 생각 못 했네."

"네 말이 사실이라면 중국 전역으로 순식간에 퍼져 나갈 수 있어. 사람들이 돌아다니면서 퍼뜨릴 테니까."

"그렇지, 그러면 완전히 큰일 나는 거지."

"언제 들어오냐?"

"나 말이야?"

"어차피 너도 설 지내야 하니까 얼른 들어와. 일단 들어와서 상황을 지켜보자."

"알았어. 비행기 티켓 끊는 대로 들어갈게."

"제우스의 한국 직원들도 전부 데리고 와. 매도 물량 얼마나 남았어?"

"아직 30조 정도 남았다."

"그건 한국에 들어와서 마무리 지어. 다른 업무는 일단 모두 스톱시키고 최대한 빨리 들어와."

"오케이."

*　　　　*　　　　*

2020년.

언론에서 본격적으로 중국 문제를 떠들기 시작한 것은 1월 중순부터였다.

중국 정부가 아무리 숨기고 싶어 해도 세상일이란 결코 의도대로 흘러가지 않는다.

더군다나 현대는 인터넷이 급속도로 발달했기 때문에 언론통제만 가지고는 정보 통제가 불가능하다.

그것을 증명하듯 중국 주식이 꼬라박기 시작했다.

정보를 취득한 외국자본들이 먼저 빠져나가면서 중국 주식이 순식간에 10% 넘게 하락했던 것이다.

그럼에도 중국 정부는 바이러스를 통제하지 않은 채 별거 아니라는 말을 반복하며 우한 사람들의 이동을 모른 체해 버렸다.

상황이 악화될 거란 사실은 세계 금융시장이 먼저 알아챘다.

춘절 기간 동안 중국 주식은 개장되지 않았지만 세계 금융시장은 중국발 바이러스 창궐의 영향을 받으며 무차별적인 하락을 시작했다.

"하마터면 큰일 날 뻔했다. 겨우 빠져나왔으니 다행이지, 아니었으면 손해가 컸을 거야."

문현수가 시퍼렇게 변해 버린 세계 주식시장 판을 보면서 한숨을 쏟어냈다.

중국 주식시장이 며칠 만에 10%나 빠진 건 따지고 보면 제우스의 막바지 매도 자금 때문이었다.

"중국은 어때?"

"이제 본격적으로 중국 정부가 나서기 시작했어. 우리 정보망에 의하면 곧 우한을 봉쇄할 거래."

"봉쇄를 해, 그 거대한 도시를?"

"그만큼 심각하다는 거지. 이 동영상을 봐. 괴질에 걸린 사람들이 이렇게 된다잖아."

문현수가 핸드폰을 꺼내 동영상을 플레이 하자 멀쩡하게 서 있던 사람이 그대로 땅바닥을 향해 쓰러지는 게 보였다.

그뿐만이 아니다.

우한이라고 소개된 곳에는 수많은 사람들이 길거리에서 쓰러진 채 방치되어 있었고 심지어 의사까지 복도에 쓰러져 있었다.

뒷골을 타고 올라오는 전율.

이병웅의 머리가 빠르게 회전하기 시작했다.

만약, 우한 폐렴이라 부르는 이 괴질이 들어온다면 대한민국은 엄청난 혼란과 공포에 사로잡히게 될 것이다.

*   *   *

"요즘 주가 하락에 대해서 어떻게 생각하십니까?"

"질병에 의한 주가 하락은 언제나 일시적이었습니다. 일단, 차트를 보시면 좋겠습니다."

5TV의 앵커 신상록이 질문하자 초대 손님으로 나온 유일증권의 정재석이 화면으로 시선을 돌렸다.

그가 짚은 것은 사스와 메르스로 인해 세계 주가가 출렁였던 시기였다.

"여길 보시면 사스와 메르스 때 30%가량 빠졌습니다. 그 당시 경제계에서는 질병으로 인해 경제 침체가 올 거라는 전망을 계속 내놨는데 저 역시 시커먼 절벽 앞에 서 있는 기분이 들었습니다. 하지만 차트를 보시면 그 후 주가는 브이자를 그리며 급격히 상승했습니다. 불과 3개월 만에 하락분을 모두 만회하고 오히려 올랐었죠."

"그럼 정 팀장님은 지금의 하락이 일시적이라 보시는 거군요."

"그렇습니다."

"아까, 말씀하신 것처럼 많은 사람들이 이번 코로나바이러스의 영향력이 엄청 크다며 걱정하고 있습니다. 지금 중국에서는 인구 5천만 명에 이르는 후베이성을 완전히 봉쇄하는 중입니다. 전문가들은 우한 주변에 있는 글로벌공급망 기지들이 중단될 경우 서플라이체인이 망가지며 경제에 커다란 타격을 준다고 하는데요. 거기에 대해서는 어떻게 생각하십니까?"

"말씀드린 것처럼 인류는 언제나 질병을 극복해 왔습니다. 당연히 지금은 잠시 동안 서플라이체인이 망가지면서 타격이 있겠지만 조만간 회복할 것이라 생각합니다."

"그렇게 되기를 바라지만 중국이 문젭니다. 현재 중국은 춘절 연휴를 연장했기 때문에 주식시장이 열리지 않고 있는데 막상 뚜껑이 열리면 엄청난 하락이 예상됩니다. 이럴 경우 우리나라 주식시장도 하락하지 않을까요?"

"그럴 것이라 예상됩니다."

"결국, 중국 시장이 하락을 계속하면 우리나라 시장도 당분간 은 하락을 면치 못하겠군요?"

"우리나라 경제는 중국과 밀접한 관계를 맺고 있기 때문에 어쩔 수 없는 결과라 생각합니다. 이 차트를 보시면 우리나라가 왜 중국의 영향을 받을 수밖에 없는지 충분히 이해하실 수 있을 겁니다. 우리나라는……."

정재석의 설명은 지속되었다.

그가 차트에 나타낸 것은 대한민국의 수출 동향과 서플라이 체인에 관한 것들이었다.

새파랗게 칠해진 부분.

바로 대한민국 수출 중 중국이 차지하는 비율이었다.

무려 27%.

다시 말해 중국이 나자빠지면 대한민국 역시 그 여파에서 벗어나지 못한다는 뜻이다.

이병웅은 문현수와 함께 5TV를 시청하면서 맥주를 마시는 중이었다.

문현수는 돌아온 후 중국에 가지 않았는데, 파견되었던 직원들도 당분간 사태가 해결될 때까지 본사로 출근하도록 조치했다.

현재의 중국 상황이 심각했지만 문현수는 뜻밖의 휴가가 즐거웠는지 이병웅의 옆에서 떨어질 줄 몰랐다.

"병웅아, 어떻게 생각해? 저 친구 분석이 맞을까?"

"바이러스가 중국 내에서만 머문다면 충분히 일리가 있어. 엘리어트 파동은 인간의 희로애락이 모두 담긴 것이거든."

"그럼 다시 사는 건 어때. 분석한 대로 30%가 하락한 후 다시 상승한다면 이번 기회에 꽤 커다란 수익을 얻을 수 있잖아?"

"내 말을 귓전으로도 안 듣는구먼. 이 자식아, 넌 저게 안 보이니?"

화면에는 기술적분석이 끝나고 중국의 심각한 상황이 펼쳐지고 있었다.

신상록과 정재석은 서플라이체인에 관한 토의를 나누며 중국 현지 상황에 대해 이야기를 나눴는데 바이러스의 파급력이 후베이성을 넘어 중국 전체로 퍼져 나가는 중이었다.

"설마, 다른 나라로 퍼져 나가겠어?"

"중국 인구를 생각해 봐. 자그마치 13억이 넘는다. 중국인들은 안 가는 곳이 없어. 그러니 곧 우리나라에도 환자가 발생하기 시작할 거야."

"그런다고 상황이 달라질까?"

"투자자는 돈을 버는 것도 중요하지만 더 중요한 게 지키는 것이다. 불확실한 상황에서 들어가는 건 무모한 짓이지. 너, 우리가 모든 주식을 왜 처분했는지 잊었어?"

"음… 버블 때문이었잖아. 버블이 터지면 엄청난 하락이 발생할 테니까."

"버블은 체력이 취약해서 바늘로 슬쩍 찌르기만 해도 터진다. 이런 상황에서 발생한 바이러스. 난 그게 섬뜩할 정도야. 바이러스가 블랙스완이 된다면 버블이 터지면서 세계경제가 박살 날수 있어."

"설마… 그렇게 되겠어?"

"나도 그렇게 안 되길 바란다. 내가 생각한 위기는 결코 바이러스로 인한 게 아니었거든."

이병웅이 헤스티아를 한 모금 뿜어내며 잠시 말을 멈췄다.

방 안에 흐르는 커피 향기.

헤스티아에서 흘러나온 은은한 커피 향기는 안주로 놓여 있던 오징어 냄새를 지워 버리며 금방 방 안을 쾌적하게 만들었다.

향후에 다가올 위기.

이병웅이 선제적으로 주식을 처분한 이유는 버블 때문이었다.

미국의 4차 산업 관련 주력 기업들은 무려 PER가 30을 넘으며 폭발적인 버블장을 만들고 있었다.

기업의 적정 주가를 판단할 때 주요 지표로 활용되는 게 PER다.

PER은 주당순이익 대비 주가 비율로 통상 8 정도가 적정했지만 미국의 시총 상위 기업들은 이미 5배에 육박하고 있는 실정이었다.

버블이 만들어지는 이유는 간단하다.

시장에 흘러넘치는 유동성.

그 유동성이 판을 치면서 버블을 키우고 결국은 부채의 함정에 빠져 뻥 하고 버블이 터지면 거대한 경기침체를 만들어내는 것이다.

*   *   *

중국의 춘절 연휴가 끝나고 주식시장이 개장되자 중국은 무려 9%의 하락을 얻어맞으며 장을 시작했다.

중국 시장이 개차반이 되면서 전 세계 주식시장도 동시에 파란불이 켜지며 하락장이 연출되었다.

하지만 어이없게도 그런 상황은 오후가 되면서 말도 안 되는 역전을 만들어냈다.

무려 4%까지 빠졌던 주가가 보합으로 끝났던 것이다.

더 웃긴 건 5TV에 출연했던 정재석의 분석을 비웃기라도 하듯 전 세계 주식시장이 다음 날부터 미친 듯 상승하기 시작했다.

코로나바이러스로 인해 주식시장이 빠진 비율은 불과 12%에 불과했는데 유동성이란 괴물을 등에 업은 주식시장은 더 이상의 하락을 허락하지 않았다.

"회장님, 속보입니다. 우리나라에서 코로나바이러스 환자들이 5명이나 나왔다는 소식입니다."

"정말이야?"

"현재, 질본에서 브리핑을 하고 있습니다. 한번 보시죠."

정보분석 팀장의 보고를 받은 정설아가 텔레비전을 켜자 화면에 질병 대책 본부장의 얼굴이 나타났다.

그녀는 현재 발생된 환자들이 중국을 여행하고 돌아온 사람들이라며 주변 접촉 인물들을 철저하게 가려내어 검사하는 중이라고 말했다.

느낌이 안 좋다.

정보에 따르면 코로나바이러스의 잠복기간이 15일 정도라 했으니 확진까지 될 정도면 상당한 시간이 지났다는 뜻이다.

"회장님, 외국자본들이 계속 우리나라 주식을 매도하고 있습니다. 처음에는 별거 아니라 생각했는데 시간이 갈수록 매도 강도가 커지는 중입니다."

"어디야?"

"골드만삭스, 메를린치, JP모건 등 외국계 전부입니다."

"재밌군, 결국 그자들은 우리나라에 바이러스가 상륙했다는 걸 미리 알았다는 뜻이네?"

"아무래도 그런 것 같습니다."

정보분석 팀장이 수긍을 하자 정설아의 눈매가 날카롭게 변했다.

외국계 자본이 빠져나가는 건 결코 바람직한 현상이 아니다.

그들은 돈 냄새라면 귀신같이 맡는 하이에나였고 JP모건이 중심이 된 패시브 자금들은 미국 대통령이 오늘 아침 설사를 한 것조차 알아낼 만큼 무서운 정보력을 지닌 자들이었다.

*   *   *

"중국 놈들, 대단해. 역시 공산주의라서 그런가 무자비하구면."

"마스터, 중국은 전 대륙을 통제시켜 버렸습니다. 또한, 사망자의 숫자와 확진자의 숫자를 완벽하게 축소시킨 채 발표하고 있습니다."

"그거참… 전혀 생각지 못했던 일이 생겼어. 골치 아프게 생겼는데."

가면을 쓴 자가 손가락으로 탁자를 두드리며 생각에 잠겼다.

아무리 생각해도 어이없는 일이다.

이번 바이러스는 인간이 쉽게 극복할 수 없을 정도로 확산 속도가 빨랐기에 중국을 타깃으로 삼았으나 공산당은 아예 대륙 전체를 봉쇄하면서 바이러스와 전면전을 벌이고 있었다.

중국을 타깃으로 삼은 이유는 간단했다.

지구에서 인구가 가장 많았고 세계 소비 물품의 생산기지라 세계경제에 가장 커다란 타격을 줄 수 있었기 때문이었다.

"아무래도 세컨드 프로젝트로 전환시켜야 될 것 같습니다."

"한국이나 일본은 보건 쪽에서 세계 최고의 능력을 지닌 국가들이야. 홍콩이나 대만 정도로는 효과가 없을 텐데, 가능할까?"

"가능합니다."

"어떻게?"

"한국과 일본에는 종교 집단들이 제법 있습니다. 특히, 한국 쪽에는 은밀하게 기생하는 사이비종교들이 여러 개 존재합니다."

"그자들을 이용하자?"

"그렇습니다. 중국이 안 된다면 동아시아를 타깃으로 잡아야 합니다. 한국과 일본만 가라앉히면 자연스럽게 세계경제를 침몰시킬 수 있습니다."

"만약 그 작전이 안 먹히면?"

"한국은 몰라도 일본은 충분히 가능합니다. 그들은 올림픽에 온정신이 빠져서 바이러스가 침투해도 중국처럼 숨기기 급급할 테니까요."

"그렇다면 효과가 없잖아. 바이러스가 창궐해서 발칵 뒤집혀야 우리가 원하는 것을 얻을 수 있어."

"정 안 되면 마지막 프로그램을 진행시키겠습니다."

다이몬 회장의 보고에 가면을 쓴 사내가 짧은 한숨을 흘려냈다.

마지막 프로그램까지는 쓰고 싶지 않았다.

그 지역은 자신이 살아가는 곳이었기 때문이었다.

하지만 그의 말투는 단호했다.

목적을 이루기 위해서라면 그런 사적인 감정은 전혀 고려할 필요가 없었다.

"추진해. 오랜 시간을 기다려 온 헤븐의 꿈이다. 그분의 꿈을 위해서라면 무슨 일을 못 하겠나."

"알겠습니다. 곧바로 실행에 옮기겠습니다."

*　　　　　*　　　　　*

코로나바이러스가 본격적으로 대한민국을 덮친 것은 2월 말부터였다.

특정 종교 집단에 의해 전파되기 시작한 바이러스는 종교 집단의 은밀한 특성에 의지해서 급속도로 퍼져 나갔다.

대구, 경북에서 확진자들이 수백 명씩 속출하기 시작해 그 숫자가 폭발적으로 늘어났다.

"병웅 씨, 외국인들의 매도세가 심상치 않아. 중국에 문제가 생겼을 때와 근본적으로 차이가 있어."

"벌써 5조나 팔았죠?"

"응, 문제는 우리나라뿐만이 아니라 미국과 유럽 주식시장도 흔들리고 있다는 거야."

정설아의 설명에 이병웅이 고개를 끄덕였다.

그 역시 계속해서 주식시장을 주시하고 있었기에 현재 상황을 정확하게 파악하고 있었다.

"아무래도, 금융 세력들은 팬데믹을 우려하는 것 같아요."

"그렇겠죠. 팬데믹이 발생하면 세계경제가 멈출 테니까요."

중국에서 발생했을 땐 잠깐 흔들렸던 주식시장이 바이러스가 대한민국에 상륙하자 급격하게 흔들렸다.

강도가 다르다.

중국에서 발생했을 때보다 음봉의 길이가 훨씬 컸다.

"어쩌지? 벌써 7%나 하락했는데?"

"일단 두고 보죠. 제우스가 계속 나서는 것은 시장을 왜곡시키게 됩니다. 결정적인 순간을 위해서 준비만 해두세요."

"알았어. 그런데 병웅 씨는 세계경제가 어떻게 될 거라 생각해?"

정설아가 진정으로 궁금하다는 얼굴을 한 채 물었다.

그녀는 산전수전 다 겪은 베테랑이라 사스나 메르스가 세상을 휘저을 때도 금융시장에서 살아남은 사람이었다.

하지만 이 상황은 다르게 느껴졌다.

코로나바이러스가 대한민국에서 멈춘다면 그때와 비슷하겠지만 이상하게 예감이 좋지 않았다.

"방송에서 보니까 이 바이러스가 사스나 메르스와 비슷한 종류라고 하더군요. 중국의 데이터를 믿지 못하지만 치사율도 그리 높지 않은 것 같고. 우리나라에서 사망자가 많이 나오지 않는 걸 보면 신빙성이 있는 것 같아요."

"그렇지, 중국의 데이터는 믿을 수 없지만 우리나라 데이터는 신뢰가 가니까. 아마, 우리나라는 의료 체계가 좋아서 더 그럴 수도 있어."

"맞아요. 그게 핵심이죠."

"응?"

"문제는 이 병이 유럽이나 미국, 또는 인도나 남미 쪽으로 진행되었을 때예요. 누나도 알겠지만 중국은 대륙 전체를 막으면서 바이러스를 잡고 있어요. 그러다 보니 모든 공장이 멈췄죠. 세계의 생산기지가 멈췄음에도 금융시장이 잠깐 흔들리다 스톱된 건 중국의 전쟁 행태를 보면서 안심했기 때문이에요. 민주주의는 절대 할 수 없는 파격적인 방식이었으니 얼마 가지 않아 극복할 것이라 믿었던 것이죠. 사람들을 완벽하게 격리시키는 건 가장 효율적인 방법이니까요."

"그런데?"

"지금 금융시장이 흔들리기 시작한 건 우리나라와 일본, 홍콩, 대만 등으로 바이러스가 급속하게 퍼지면서 팬데믹의 우려가 현실화되었기 때문입니다. 하지만 그들이 진짜 무서워하는 건 동아시아가 아니라 유럽과 미국으로 전이되었을 경우예요. 그들의 의료 체계는 우리나 일본, 홍콩에 비해서 형편없거든요."

"거긴 전부 선진국인데 설마 그 정도겠어?"

"가장 심한 곳은 미국이죠. 그쪽은 우리와 다르게 의료가 민영화되어 있어 사람들이 병원엘 가지 않으려 해요. 한번 가면 파산할 정도로 엄청난 금액이 나오니까요. 더불어, 그 사람들은 질병에 대한 불감증 같은 게 있어요. 그쪽 방송을 보면 그냥 독감 정도로 대수롭지 않게 여기잖아요. 오죽하면 미국 대통령까지 이번 바이러스를 독감이라며 우습게 알겠어요."

"휴우… 그렇긴 한데……."

정설아가 가볍게 한숨을 내리쉬었다.

이병웅의 말에 토를 달고 싶지 않았지만 믿기지 않았다.

기축통화를 가지고 있는 미국은 세계에서 가장 잘사는 나라였으니 문제가 생긴다면 쉽게 해결할 수 있을 거란 생각이 들었다.

"진짜 팬데믹이 생겨서 유럽과 미국으로 바이러스가 전이되면 끔찍한 일이 생길 거예요. 그때부터는 진짜 세계 금융이 휘청거릴 겁니다."

"정말 그럴까?"

"유럽과 미국이 멈춘다는 건 중국과 근본적으로 다른 이야깁니다. 그 나라들은 대부분 소비 국가기 때문에 중국보다 세계경제에서 차지하는 영향력이 훨씬 중요하죠. 소비가 없는데 생산이 있겠어요?"

"듣고 보니 그러네. 그러면 우리는 어쩌면 좋지?"

"이번 바이러스 때문에 모든 주식을 처분한 건 아니지만 결과적으로 본다면 우린 한 걸음 뒤로 물러서서 구경할 수 있게 되었어요. 우리 행동은 천천히 결정해도 됩니다."

"무슨 뜻이야?"

"지금은 정확한 상황이 예측되지 않아요. 팬데믹이 얼마나 무섭게 진행되느냐에 따라 각국 정부의 움직임이 달라질 테니까요."

"설마, 병웅 씨는 이번 일로 연준이나 각국 중앙은행이 움직인다고 보는 거야?"

"당연히 그렇게 될 겁니다. 어쩌면 각국은 총력을 다해 할 수 있는 모든 걸 내놓을 수도 있어요."

"하아……."

이병웅의 말을 들으며 정설아가 다시 한번 한숨을 흘려냈다.

미국의 연준은 작년 보험성으로 세 번의 금리인하를 한 후 지금까지 꼼짝하지 않고 있었다.

미국 대통령이 갖은 협박을 했음에도 그들은 미국 경제가 확장세에 있다면서 어떤 강요도 받아들이지 않았던 것이다.

그런 그들이 움직인다고?

기껏 바이러스 때문에?

"연준을 비롯해서 각국 중앙은행의 움직임을 면밀히 주시해야 돼요. 그래야 우리가 움직일 타이밍을 잡을 수 있어요."

"알았어."

"어쩌면, 우린 이번에 신용화폐의 마지막 순간을 지켜보게 될지도 몰라요."

*　　　*　　　*

난리가 났다.

대구 쪽에서 시작된 확진자 수 증가는 무차별적으로 확산되며 순식간에 3천 명을 넘어섰다.

반면에 일본 쪽은 조용했는데 바이러스의 통제에 자신감을 드러내고 있었다.

하지만 정보화가 급격하게 진행된 현대사회는 일본의 상태를 충분히 짐작하고도 남았다.

대한민국은 전력을 동원해서 바이러스의 뿌리를 뽑기 위해 확진자를 가려내고 있었으나 일본은 전혀 그럴 생각이 없었다.

검사를 하지 않으니 확진자가 증가할 리 만무하다.

그럼에도 일본 정부는 바이러스 확진자가 많은 다른 국가들과 동일하게 취급하지 말라며 WHO를 협박했다.

"어찌 되었소?"

"크루즈선에서 발생된 인원은 일본의 확진자 수에서 뺐습니다. 천만 달러를 지원금으로 내놓겠다고 하니까 받아주더군요."

"잘했습니다. 앞으로도 다른 나라와 우리를 동일 취급 하지 못하도록 철저하게 컨트롤해야 됩니다."

일본 수상이 한시름 놨다는 듯 한숨을 길게 내리쉬었다.

크루즈선에서 발생한 환자들을 합산한다면 순식간에 순위권으로 올라갈 수밖에 없으니 무슨 일이 있어도 빼야 했다.

올림픽.

올림픽을 개최하기 위해 일본은 50조란 돈을 쏟아부었다.

침체 일로에 처한 일본 경제를 되살리기 위해서는 무슨 일이 있어도 반드시 올림픽을 정상적으로 치러야 했다.

"총리님, 그런데 문제가 있습니다."

"무슨 문제?"

"후쿠오카 지역에서 꽤 많은 증상자들이 나오고 있습니다. 아무래도 심상치 않습니다."

"후쿠오카!"

후쿠오카는 인구 500만에 달하는 대도시로 북단에 위치한 도시였다.

후생성장의 보고를 들으며 총리의 얼굴이 점점 일그러졌다.

확진 검사를 적극적으로 하지 않았음에도 확진자가 200명에 달한다는 건 이미 지역사회에 널리 전파되었단 뜻이기 때문이었다.

"언론부터 막으시오. 절대 노출되어서는 안 됩니다."

"일단 주요 언론들은 막았지만 인터넷을 통해 유출되고 있습니다. 사람들이 올린 글들 때문에 이미 한국을 비롯해서 여러 나라가 보도를 한 상태입니다."

"적극적으로 해명하시오. 일본은 바이러스에 적극 대처하기 때문에 아무런 문제가 없다고 발표하란 말입니다."

"알겠습니다."

"우린, 어떤 일이 있어도 올림픽에 지장이 되는 행위나 결과가 노출되어서는 안 됩니다. 알겠소?"

"걱정하지 마십시오. 최선을 다해 막겠습니다."

후생성장이 결연한 표정으로 대답했다.

총리가 원하는 것은 당장 눈앞에 있는 올림픽이었지만 진정 그가 원하는 것은 헌법을 바꾸는 것이었다.

한국 대통령에게 당한 수모.

아니, 한국의 겁박에 무릎을 꿇은 순간 총리는 그가 보는 앞에서 눈물을 흘렸었다.

그의 심정, 그의 고통, 일본을 위하는 그의 의지가 어떤 것인지 너무나 잘 알기에 어렵다는 것을 알면서도 후생성장은 단호하게 총리의 지시를 받아들였다.

그는 총리의 심복이었고 골수 우익의 일원이었기 때문이었다.

*　　　　　*　　　　　*

유럽 쪽에서 문제가 처음으로 발생한 건 이탈리아였다.

꿈과 낭만의 나라.

선조들로부터 물려받은 유산으로 인해 관광 수입이 GDP의 17%나 차지하는 축복의 땅.

그렇기에 이 땅에 사는 사람들은 낙천적이고 감정적이며 축제를 좋아했다.

"정부에서 사람들 모이지 말라는데 축제에 참여하는 거 괜찮겠어요?"

"그까짓 독감 정도가지고 우리의 청춘을 말릴 수 없어요. 당연히 괜찮죠."

"바이러스에 걸려도 우리같이 젊은 사람들한테는 아무런 문제도 안 된답니다. 그런 것 때문에 축제를 포기한다는 건 말도 안 돼요!"

"난 죽는 것보다 놀지 못하는 게 더 괴로운 사람이에요. 아무도 날 막을 수 없어요."

어떤 미국 언론사 리포터가 이탈리아의 젊은이들을 상대로 한 인터뷰 내용이었다.

해맑은 모습.

그 해맑고 푸르렀던 젊은이들의 행동이 이탈리아를 지옥으로 만들었을 줄 누가 알았을까.

이탈리아는 세계에서 고령화가 두 번째로 크게 진행된 나라였고 효도 국가란 소리를 들을 정도로 3대가 모여 사는 경우가 많았다.

아마, 그런 특성이 이탈리아를 죽음의 땅으로 만들었는지 모른다.

*   *   *

유럽으로 확진자가 전이되면서 전 세계 주식시장은 폭락을 시작했다.

거대한 시장, 미국의 금융은 박살이 났고 주가지수는 하루에 7, 8%씩 하락하는 게 기본이었다.

생각해 보라.

7, 8P가 아니라 7, 8%다.

쉽게 말해서 3만 원짜리 주식이 매일 3천 원씩 빠진다는 소리였다.

이병웅은 새파랗게 질린 주식시장을 보면서 전화기를 들었다.

패닉장세.

코로나바이러스가 본격적으로 팬데믹 현상을 벌이면서 전 세계 금융시장이 공포에 젖어갔다.

다른 나라는 어떨지 몰라도 대한민국만큼은 그렇게 만들고 싶지 않았다.

"누나, 나예요."

"응, 집이야?"

"요즘은 집사람하고 집에만 있어요. 이럴 때는 정부가 시키는 대로 해줘야죠."

"잘했어. 그런데 어쩐 일이야?"

"우리나라 주식시장이 벌써 15%나 빠졌네요. 외국인들이 작정하고 매도를 하는 것 같은데 이쯤에서 끊어야 될 것 같아요."

"시작하라고?"

"저번하고는 다르겠지만 일단 받아서 끌어올리세요. 어차피, 그자들은 나중에 다시 들어올 수밖에 없어요."

저번이란 건 한일전쟁의 전운이 감돌 때를 말하는 것이다.

그 당시는 전쟁이란 특수성 때문에 외국인들이 주식과 채권을 집어 던졌지만 지금 상황은 그때와 근본적으로 원인이 달랐다.

이번 외국인들의 매도는 현금 확보를 위해서였다.

코로나바이러스로 인해 유동성이 고갈되면서 그들은 주식과 채권, 심지어는 최고의 안전자산이라는 금까지 패대기치는 중이었다.

이런 현상은 경제위기 시나 발생한다.

평상시엔 위험자산인 주식이 내려가면 안전자산인 금값과 채권이 상승하는데, 이번엔 모든 자산들이 추풍낙엽처럼 떨어지고 있었다.

위기 시의 제일 덕목이 바로 현금이기 때문이다.

"지금부터 외국인들이나 기관의 매도를 전부 받으면서 매일 1%씩만 상승시키세요. 무슨 뜻인지 알죠?"

"우리가 받으면 더 미친 듯이 던질 텐데?"

"괜찮아요. 조만간 연준을 비롯해서 전 세계 중앙은행들이 행동을 시작할 거예요. 아무리 이번 바이러스가 무섭다 해도 중앙은행들을 이기지 못할 겁니다."

"병웅 씨, 우린 잘 생각해야 돼. 경제학자들의 상당수가 대공황이 발생할 수 있다는 경고를 하고 있어. 그렇게 되면 전 세계 금융시장은 85%까지 폭락하게 될 거야."

"대공황은 바이러스로 오지 않아요. 따라서, 지금은 아닙니다."

"그럼 대공황은 언제 와?"

"각국의 중앙은행들이 미친 듯이 돈을 풀어서 버블이 팽창할 대로 팽창할 때. 즉, 부채의 산이 무너질 때 올 겁니다."

"휴우, 어렵네……."

이병웅의 말을 들은 정설아가 말끝을 흐렸다.

현재 전문가들은 둘로 나뉘어 팽팽하게 맞서고 있었다.

하나는 그녀의 말대로 대공황이 온다는 측이고 또 다른 한쪽은 이번 위기가 바이러스로 인한 것이니 금방 경제가 회복된다는 측이었다.

물론 아주 드물게 이병웅과 비슷한 주장을 한 사람들도 있었다.

그러나 막상 이병웅이 그런 주장을 하자 머리카락이 쭈뼛 섰다.

대공황.

이병웅이 말한 시기에 발생한 대공황은 인간의 힘으로 돌이

킬 수 없는 암흑의 시기이기 때문이다.

그럼에도 그녀는 곧 말을 바꾸며 다시 본론으로 들어갔다.

"주식시장은 그렇고… 채권은?"

"그것도 마찬가지로 매입하세요. 우리가 막지 못하면 한국은행이 금리를 내릴 수밖에 없어요."

"알았어. 그럼 환율도 막아야겠네."

"당연히 그래야죠."

"우씨, 우리가 다 하면 정부는 뭐 해? 그 사람들 편해서 좋겠다."

"정부는 국민들을 위해서 정책을 수립하게 해줘야 해요. 이런 일로 정책이 흔들리면 절대 안 돼요. 생각해 봐요. 우리나라 부동산값이 꼼짝 못 하는 게 금리 때문인데 정부에서 어쩔 수 없이 금리를 내리면 어떤 일이 벌어지겠어요?"

"알았네요, 알았어."

정설아가 웃었다.

그의 말대로 대한민국의 부동산시장은 몇 년째 꼼짝도 하지 않는 중이었다.

다른 나라들은 경제가 침체되면서 금리를 내려 방어를 했기에 부동산시장이 버블에 가득 차 있었지만 대한민국은 5%의 금리에서 몇 년째 꼼짝도 안 했기에 부동산 가격은 제자리에서 맴돌고 있었다.

부동산 가격이 안정되었으니 투기 세력은 사라졌고 젊은이들은 언제든지 열심히 노력하면 아파트를 살 수 있었기에 사회는 활기로 가득 차 있었다.

　　　　　*　　　　　　*　　　　　　*

　골드만 삭스의 헨드릭스는 요즘 피가 마를 지경이었다.

　미국 본사에서는 최대한 빨리 현금화해서 송금하라며 매일처럼 닦달을 하고 있었는데 그 성화가 대단했다.

　그 역시 30년의 투자 경력을 지닌 사람이었으니 지금의 상황이 어떤지 정확하게 파악하고 있었기에 마음이 더 급했다.

　연준에서는 금리를 50BP나 내렸음에도 미국 주식시장은 연일 폭락과 폭등이 거듭되고 있었다.

　그러나 하락 폭이 훨씬 컸다.

　모든 경제위기 시와 똑같은 패턴.

　2일 내리고 하루 오르는 장에서는 피해가 산더미처럼 쌓일 수밖에 없다.

　본사에서 현금화를 지시한 이유는 간단하다.

　금융위기 당시 기업들이 유동성을 확보하지 못해 파산을 면치 못한 전력이 있어 본사에서는 기를 쓰고 현금을 확보하려는 것이다.

"보스, 아무래도 이상한데요? 패턴이 바뀌었습니다."

"응?"

"누군가가 보합권으로 끌어올리고 있습니다. 이거… 제우스가 다시 나선 거 아닐까요?"

헨드릭스가 담당 직원의 말을 들으며 모니터를 뚫어지게 바라 보았다.

물량이 나오는 족족 받아먹는 세력.

이전 전운이 감돌았을 때처럼 무차별적으로 받아먹으며 상 승시킨 건 아니었으나 4%가 하락된 지점부터 정체 모를 세력이 대한민국의 7대 글로벌기업의 매도 물량을 전부 받아내고 있었 다.

오래된 투자 감각으로 채결되는 물량만 봐도 알 수 있다.

최근 일주일 동안 달려들어 물량을 받아준 대한민국 개미들 의 용감했던 정신과는 전혀 다른 형태와 강도였다.

"기관들은 팔고 있지?"

"걔들은 우리와 비슷한 작전을 구사하고 있습니다. 어차피 걔 들도 우리처럼 현금이 필요하니까요."

"그렇다면 제우스가 확실하구나."

"보스, 제우스가 미국에서 팔아치운 주식만 해도 600조가 넘 는단 소문이 있습니다. 이거 슬슬 불안해지는데요."

"600조가 아니야. 중국과 일본, 유럽에서 팔아치운 것까지 합하면 1,000조가 넘는다고 했어."

"그게… 정말입니까!"

"끄응, 이런 마당에 제우스가 나설 줄이야……."

헨드릭스가 머리를 감싸 안으며 고개를 흔들다가 헤스티아를 꺼내 들어 불을 붙였다.

오늘까지 한국 시장은 18%나 하락한 상태였다.

당연히 그 하락을 만들어낸 건 골드만삭스를 비롯한 외국 금융 세력들과 한국의 기관들이었다.

대한민국의 주식시장은 많이 하락했지만 미국이나 유럽에 비하면 오히려 덜했는데 한국의 펀더멘털이 그만큼 강했기 때문이었다.

한국은 세계에서 제일 매력적인 시장이었다.

7대 글로벌기업의 영업이익은 모두 천문학적이었고 기타 그룹들의 경쟁력도 대단했으며 중소기업들도 만만치 않은 기술력으로 세계를 휘젓고 있었다.

한국의 기업들이 이렇게 강해진 배경에는 과감한 구조조정을 통해 좀비기업들을 전부 제거해 버린 정부의 정책이 있었다.

당장의 고통을 감내하고 미래를 내다본 한국 정부의 선택은 최근 3년 동안 비약적인 발전을 이뤄낸 밑바탕이었다.

이런 시장과 기업들을 버리고 떠난다는 것이 너무 아쉬웠으나 지금은 어쩔 수 없었다.

이번 바이러스는 장기전이었으니 전 세계의 투자 세력들이 현금화를 위해 목숨을 건 상황이었다.

"물량을 올려."

"레츠 고 합니까?"

"아깝지만 어쩔 수 없다. 보합권에서 받아줄 때 던지자고. 저것 봐라, 다른 놈들도 열심히 던지잖아."

헨드릭스가 모니터를 보면서 중얼거리자 담장자의 안색이 허옇게 변했다.

한국 시장의 하루 거래량은 평균 10조에 불과했으나 지금 채결되는 속도로 계속된다면 20조는 거뜬하게 넘을 것 같았다.

"그럼 2배로 올리겠습니다."

"휴우… 어차피 돌아올 텐데 이렇게 팔아치우다니 억울해서 돌겠구먼."

헨드릭스가 연기를 길게 뿜어내며 정신없이 주문하는 담당 직원의 뒤통수를 바라봤다.

그의 얼굴에는 짙은 아쉬움이 담겨 있었지만 결코 중단하란 말은 하지 못했다.

지금은 사느냐 죽느냐가 결정되는 순간이었다.

* * *

정민철은 시퍼렇게 물든 화면을 바라보며 한숨을 길게 내리쉬었다.

2년 전, 결혼자금을 몽땅 투자했는데, 장기투자를 하면 반드시 은행 이자보다 높은 자금을 마련할 수 있을 거란 확신이 있기 때문이었다.

그 이후로도 월급이나 보너스를 받을 때마다 꼬박꼬박 주식을 샀다.

갤럭시그룹의 기업들은 미래가 창창하게 보장되었고 엄청난 영업이익을 올리기 때문에 배당금도 상당하다는 걸 알고 있었다.

이제 앞으로 결혼식까지 남은 기간은 6달.

코로나바이러스가 사회에 만연하고 있었으나 가을쯤에는 문제가 없을 거란 판단이 들었다.

문제는 바로 전 재산이 투자된 주식이었다.

한일전 당시 하루 만에 무려 20%나 폭락했을 땐 전쟁이 벌어진다는 긴장감이 더 커서 불안감을 느낄 새가 없었지만 이번엔 달랐다.

무차별적으로 떨어지는 시장.

하루 3%는 기본이고 어떨때는 5%까지 손해가 났다.

금융 애널리스트들은 연신 비명을 질렀는데 이번 사태가 장기화될 것으로 예상되어 저점을 쉽게 예측할 수 없다는 말들을 해댔다.

밥이 목구멍으로 넘어가지 않았고 김민아를 볼 때마다 그저 죽고 싶은 생각만 들었다.

만약, 금융 애널리스트들의 말대로 50% 이상 빠진다면 그는 흐르는 강물에 몸을 던져야 될지도 모른다.

"오빠, 안색이 왜 그래?"

"아무것도 아냐. 컨디션이 안 좋아서 밥이 먹히지 않네."

두 사람은 회사가 가까워 점심시간이면 자주 만나서 밥을 먹었지만 오늘은 웃음이 나오지 않았다.

그녀를 사랑했기에 데이트가 있는 날이면 언제나 행복한 웃음을 지었지만 오늘은 아무리 애를 써도 웃음이 나오지 않았다.

"체한 거야? 약 사 올까?"

"아니, 괜찮아. 그냥 밥 먹어."

"오빠가 안 먹는데 나만 어떻게 먹어. 그러지 말고 요 옆 카페에 가서 커피나 마시자."

"그러는 게 좋겠어."

그냥 앉아 있는 게 고통스러웠기에 그녀의 제안을 받아들였다.

카페는 불과 50m 거리에 있었는데, 그가 자리를 잡는 사이 김민아의 모습이 사라지고 보이지 않았다.

바보.

그녀는 자신의 얼굴색이 안 좋은 게 체한 것이라 생각해서 약을 사러 간 게 분명했다.

커피를 시켜놓고 창가 자리에 앉아 핸드폰을 멍하니 바라보았다.

이젠 증권 사이트를 보고 싶지 않았다.

처음 하락을 시작했을 땐 손에서 떼어놓지 않고 봤지만 하락이 17%가 넘자 보는 것 자체가 두려워졌다.

주문했던 커피가 나왔다는 소리를 듣고 자리에서 일어났다 돌아올 때까지 김민아는 나타나지 않았다.

보고 싶지 않았지만 자신도 모르게 손이 움직였다.

아침에 확인했을 때 자신의 주식들은 전부 5%가량 하락한 상태였다.

덜덜 떨리는 손으로 증권 앱을 열고 클릭을 하던 정민철의 눈이 찢어질 듯 커졌다.

분명히 악마의 숨결처럼 빛나던 파란색 불이 어느샌가 빨간색 불로 변해 있었던 것이다.

우와… 헉헉!

마이너스 5%에서 플러스 1%로 상승했으니 무려 6%가 치솟은 걸 확인하며 두 눈을 비볐다.

혹시라도 자신의 눈이 잘못된 게 아닐까 걱정을 하며.

그 순간.

김민아가 손에 약봉지를 든 채 부랴부랴 걸어오는 게 보였다.

"약 사 왔어?"

"응. 오빠 얼굴색이 너무 안 좋아서 그냥 있을 수 있어야지. 바보, 아프면 먹으라고 있는 게 약이야. 약 먹으면 좋아지는데 왜 그러고 있어!"

"고마워. 그런데 어쩌지. 나 아무렇지 않은데?"

"뭐야, 그 표정은. 아깐 금방 죽을 것 같더니 얼굴이 화사하게 변했네. 무슨 일 있었어?"

"무슨 일은… 아, 갑자기 배고프다. 아까 그 돈가스 맛있게 보였는데 괜히 그냥 나왔나 봐."

"헹… 뭐냐. 오빠 아무래도 이상해. 뭐야, 무슨 일이냐고!"

"정말 아무것도 아니라니까. 그런데… 민아야, 우리 오늘 점심도 제대로 못 먹었는데 저녁에 데이트할까?"

"으응… 아, 불안해."

"저녁 먹고 영화 보자. 아참, 바이러스 때문에 영화관엔 못 가니까 우리 집에 가서 비디오 보자. 재미난 비디오."

"흥, 또 야한 비디오 틀어놓고 이상한 짓 하려고?"

"그건, 친구 놈이 깔아놓은 거 궁금해서 딱 한 번 본 거야… 나 그때 이후로 정말 한 번도 안 봤어. 사랑하는 민아가 있는데 내가 그런 걸 왜 봐. 절대 안 본다니까!"

"정말이지?"

"당연하죠, 당연하고말고요."

"좋아, 그럼 야한 비디오 없이 제대로 해봐. 내가 오늘은 특별 서비스 해줄게."

제45장
다시 열린 판도라의 상자

　월가의 탐욕은 어디까지일까?

　전 세계 시가총액 50%를 차지하고 있는 미국 주식시장은 2019년 미중 무역 분쟁의 포화 속에서도 무차별적인 상승을 거듭했었다.

　그 배경에 있었던 것이 바로 미국의 중앙은행 연준이다.

　월가는 호랑이가 할머니에게 떡을 달라는 것처럼 연준을 향해 끊임없이 응석을 부려 결국 세 번의 금리인하를 얻어낸 후 상승을 하다 작년 9월 레포 시장이 흔들리는 걸 빌미로 미니 양적완화를 얻어냈다.

레포 금리가 10%까지 치솟자 연준은 할 수 없이 레포 시장에 돈을 투입하면서 시장을 안정시켰는데, 그 금액이 금년 1월까지 7천억 달러에 달했다.

헤지펀드들과 연준의 수혈을 받은 투자자들은 그 돈으로 주식을 사서 이익을 극대화시키는 탐욕을 부렸다.

남의 돈을 빌려 채권과 주식을 사고 그걸 담보로 또 융자를 받아 다시 채권과 주식을 사는 방식을 반복하며 배를 불려왔다.

대한민국으로 본다면 아파트 갭 투기와 비슷한 짓을 벌이고 있었던 것이다.

하지만 코로나바이러스로 인해 팬데믹이 발생하면서 주가가 하락을 시작하자 시장은 무차별적인 폭락을 얻어맞았다.

최근 주식시장은 사람이 매매하는 게 아니라 인공지능(AI)이 매매를 하기 때문에 한번 하락을 시작하면 그 진폭이 상상을 초월할 정도로 컸다.

인공지능은 특정 라인을 정해놓고 그 이하로 하락하면 자동 매도 방식을 취하기 때문이다.

거기에 남의 돈을 빌려 신용 투자를 한 자들의 마진콜이 가세하면서 미국 시장은 연일 5~8%의 폭락을 얻어맞고 있었다.

*　　　　*　　　　*

"어서 오시오, 의장. 오랜만입니다."

"반갑습니다, 대통령님."

"얼굴이 좋지 않구려. 하긴, 내 얼굴도 그리 좋지는 않을 거요."

미국 대통령이 파월 의장을 향해 눈살을 찌푸리며 중얼거린 후 찻잔을 들어 올렸다.

그가 파월을 연준의장으로 앉힌 것은 그 어떤 자들보다 자신의 말을 잘 들을 것이라 판단했기 때문이었다.

하지만 파월은 2년이 넘는 시간 동안 자신의 요청을 거부하며 연준의 독립성을 외쳐왔다.

"무슨 일로 부르셨습니까?"

"잘 알 텐데요. 지금 미국의 주식시장이 폭락을 거듭하고 있어요. 연준이 나서지 않으면 아마, 주식시장은 70%까지 빠질 거요. 벌써 한 달 만에 30%가 하락했단 말입니다. 역사상 가장 하락 속도가 빠른데 의장은 아무런 생각이 없는 거요?"

"우리는 긴급 위원회를 열어 시장 안정화를 위해 무려 50BP의 금리를 인하했습니다, 앞으로도 상황을 예의 주시 하며 대응해 나갈 생각입니다."

또 주식시장 얘기다.

그랬기에 파월 의장의 표정이 슬쩍 굳어졌다.

미국 대통령은 하루에도 열두 번씩 주식시장을 확인한다고 했다.

그는 자신의 재선에서 가장 중요한 것이 금융시장의 상승이라 생각했기 때문에 무슨 수를 쓰든 주식시장을 지키는 것이 지상 과제였다.

"휴우, 의장, 당신은 아직도 이 상황이 이해되지 않으시오?"

"무슨 말씀이죠?"

"지금 이탈리아를 비롯한 유럽이 전쟁터로 변했어요. 전문가들의 말에 따르면 곧 우리도 그렇게 될 거라 하더군요. 어떤 자는 미국이 7천만 명이나 감염될 수 있다고 경고하던데 못 들었습니까?"

"제가 알기로 대통령님은 코로나바이러스가 독감 정도라고 생각하신다던데, 잘못 들은 건가요?"

"이보시오!"

"제 임무는 오직 합리적인 통화정책을 유지하는 것입니다. 따라서, 우리 연준은 미국의 바이러스 상황을 면밀히 체크하며 후속 조치에 나설 테니 너무 염려하지 마십시오."

"정말 그럴 거요?"

"그게 우리들의 임무니까요."

파웰이 안경알 뒤에서 날카로운 시선을 빛냈다.

비록 상대가 미국 대통령이라 해도 그는 세계시장을 한 손에 쥐고 흔드는 연준의 의장이었다.

그랬기에 미국 대통령은 잠시 숨을 돌린 후 천천히 입을 열었다.

"만약, 전문가들의 판단대로 미국의 사태가 심각해진다면 어쩔 생각이시오?"

"상황에 따라 다르겠지만 정말 상황이 급박해진다면 최후의 선택까지 고려하고 있습니다."

"최후의 선택은 뭡니까?"

"제로금리와 양적완화입니다."

"정말… 그렇게 해주실 거요?"

"대통령님을 위해서 하는 게 아닙니다. 미국의 경제가, 세계경제가 흔들리지 않도록 만들기 위함일 뿐이죠."

"허허… 당신은 참, 고지식한 사람이오."

파월 의장의 말을 들으며 미국 대통령이 기가 찬 듯 헛웃음을 쳤다.

감히 대통령의 면전에서 이런 말을 할 수 있는 자가 얼마나 될까.

그럼에도 그는 파월 의장을 더 이상 압박하지 않았다.

어차피, 그를 부른 건 이런 대답을 원했던 것이니 원하던 걸 얻은 이상 그를 자극할 이유가 없었다.

*   *   *

"그놈의 바이러스 때문에 오랜만이네. 뭐 하고 지냈냐?"

"그냥저냥. 책도 읽고 정보도 파악하고 늘 하던 짓을 하며 지냈지. 너희들은?"

"쩝, 우리도 마찬가지 아니겠어. 빨리 끝나야 될 텐데 갈수록 더 커지니 큰일이다."

바이러스를 피해 국내로 들어온 친구들과 오랜만에 만난 이병웅은 소주잔을 기울이며 회를 입에 집어넣었다.

그렇게 잘되던 횟집은 저녁 식사 시간이었음에도 손님이 그들을 포함해서 세 팀뿐이었다.

"미국 대통령이 드디어 검진을 시작한다며?"

"그렇다는군. 이제 정신을 차린 거지."

"하아, 그 돌아이. 도대체 무슨 정신으로 지금까지 버틴 거야?"

"유럽이 개판 되는 걸 보니까 겁이 난 것 같아. 이탈리아 봐라. 하루에 몇백 명씩 죽잖아."

"골든타임을 놓쳤어. 분명히 엄청나게 확산되어 있을 거다."

"내 말이. 유럽이나 미국이나 그 나물에 그 밥이야. 분명, 개판 오 분 전이 될 테니 두고 봐."

사람이 살아가는 세상은 언제나 상식이 지배한다.

유럽은 세계 최고의 의료시스템을 가졌고 국민들이 공짜로 치료받는다며 자랑해 왔지만 실상은 전혀 그렇지 않았다.

의료비가 공짜란 건 맞다.

하지만 국민 세금으로 운용되다 보니 유럽 사람들은 대부분 병원에 가지 못했다.

그들의 의료시스템은 주로 관절이나 중증 병세를 치료하는 데 특화되어 있었기 때문에 가벼운 증상을 가진 사람들은 병원에서 받아주지 않았다.

그렇다 보니 바이러스가 무차별적으로 퍼져 나간 지금, 의료시스템이 붕괴되는 건 당연한 일이었다.

"도대체 그놈의 화장지는 왜 사재기하는 거야. 난 정말 이해할 수 없어. 비상시라면 식량부터 챙기는 거 아냐?"

"웃기는 짬뽕들이지. 걔들은 뇌 구조가 이상한가 봐."

"너희들이 몰라서 그런 소릴 하는 거야. 유럽 사람들이 화장지부터 챙기는 건 당연한 일이야."

"왜?"

홍철욱과 문현수가 동시에 반문을 했다.

그들은 이야기를 하면서 이병웅이 자신들의 말에 당연히 동조할 거라 생각했기 때문이었다.

"내가 알기로 유럽 전체를 통틀어서 화장지 만드는 회사가 딱 하나란다. 그런 마당에 중국에서 화장지 원료를 무기화한다는 소문이 돌았으니 불안하지 않았겠어?"

"미친… 왜 화장지 만드는 회사가 하나야. 그 수많은 나라에!"

"화장지 만들어봐야 돈이 안 되니까. 화장지 만드느니 샤넬이나, 루이비통, 벤츠, 롤렉스 이건 거 만드는 게 훨씬 부가가치가 높다고 생각한 거지."

"아이고, 환장하겠네. 그럼 미국은?"

"도미노 현상. 화장지는 생활필수품이니 남들 사니까 서로 사려고 했던 거겠지."

"푸흐흐… 웃겨, 아주 웃긴 일이야."

"그러고 보면 우리나라 사람들 심장은 강철로 만들어진 것 같아. 이런 마당에도 사재기를 안 하잖아."

"서로를 믿으니까. 우리나라는 최근 경제가 무섭게 성장했고 농군그룹이 식량자급률을 100%로 달성하며 사회에 대한 사람들의 신뢰가 다른 나라와는 비교조차 할 수 없이 강해졌어. 더군다나, 우리나라는 세계 유일의 완벽한 보건 체계를 갖췄기 때문에 도시 봉쇄조차 하지 않고 바이러스와 싸울 수 있는 힘이 있지만 유럽이나 미국은 전혀 그렇지 않아. 그들이 우리처럼 하지 못하는 이유는 우리처럼 할 수 있는 능력이 없기 때문이다."

"그래서 유럽 사람들이 우리나라를 보고 판타스틱 코리아라 부른다더라."

"국민 의식이 달라. 우리나라 사람들은 정부가 유도하면 그대로 따르는데 그놈들은 지멋대로 하더구면. 이 새끼들, 돌아다니지 말라고 하면 말을 들어야지 해수욕장에 바글거리는 놈들은 뭐냐고!"

"하여간, 난 요즘처럼 우리나라 사람들이 자랑스러운 건 처음이다. 진짜 우리나라 사람들 짱이야."

이건 국뽕이 아니다.

진짜, 세계 모든 국가들이 대한민국의 기적을 보면서 믿을 수 없다는 시선을 보내는 중이었다.

중국은 모든 도시를 통제하고 인민들을 짐승처럼 집에 가둬놓고 나서야 간신히 바이러스를 잡았지만 대한민국은 정상적인 활동을 하면서도 완벽하게 바이러스를 퇴치하는 중이었다.

세계 최고의 보건 시스템과 국민들의 선진 의식, 그리고 국민들의 신뢰를 받고 있는 정부가 있었기에 가능한 일이었다.

"병웅아, 요즘 언론에서는 연준이 금리를 제로까지 내릴지 모른다는 소리가 많이 나와. 넌 어떻게 생각해?"

"가능한 일이야."

"뭐라고? 그게 가능하다고?"

"응."

"야, 아무리 그래도 그건 아니지. 50BP 내린 지 얼마나 됐다고 금리를 제로로 만들어. 바이러스가 금리 내린다고 잡히는 것도 아닌데 설마 그런 짓을 하겠어?"

이병웅의 대답에 질문했던 홍철욱 대신 문현수가 나서며 침을 튀겼다.

금융 전문가라면 당연히 가질 의문이었다.

금리라는 건 경제가 침체로 들어서는 걸 막기 위해 중앙은행들이 최후의 보루로 쓰는 무기였으나 바이러스로 인해 혼란스러웠을 뿐 실제 경기침체가 지표로 나타난 건 아무것도 없었기 때문이었다.

하지만 문현수의 반문을 받은 이병웅의 얼굴은 확신에 차 있었다.

"예전 금융위기 때는 얻어맞은 후 수습을 하느라 금리를 급속도로 내렸고 결국 양적완화까지 했어. 단순한 사람들은 이번에도 그럴 것이라 예상했겠지만 연준은 예상을 깨고 단박에 50BP를 내렸다. 선제적으로 대응해서 문제가 생기는 걸 미연에 방지하기 위함이지. 그런 측면에서 봤을 때 미국에서 확진자가 나오기 시작했으니 당연히 추가 금리가 있을 거야."

"하긴, 주식시장이 박살 나고 있잖아."

"주식시장 때문이 아니다."

"응?"

"연준은 주식시장이 아무리 폭락해도 절대 그런 짓을 하지 않아. 그들이 보고 있는 건 주식시장이 아니라 실물경제가 작살나는 것뿐이야."

"바이러스가 잡히면 과거 메르스나 사스 때처럼 금방 경제가 회복될 텐데 무슨 소리야. 연준이 저러는 건 미국 대통령 때문 아니었어?"

"이 자식들아. 투자자들은 남들이 하는 말을 그대로 믿는 순간 골로 가는 거다. 왜 연준이 금리를 50BP 내리던 날 주가가 8%나 빠졌겠어? 다른 때 같았으면 폭등했을 텐데."

"그거 가지고 안 된다고 생각했을 테지."

"맞아, 그거 가지고 안 된단 생각을 했을 거야. 그렇다면 이번에 연준이 긴급회의를 소집해서 100BP를 내리고 양적완화까지 때린다면 주식이 오를까?"

"제로금리에 양적완화까지 한다면 당연히 오르는 거 아냐? 그 정도면 나라도 몰빵 하겠는걸."

"휴우… 너희들은 아직 멀었다."

이병웅이 한심하다는 듯 친구들을 바라보자 두 놈이 동시에 쌍심지를 켰다.

이번만은 아무리 생각해도 자신들의 판단이 맞다고 생각했기 때문이다.

과거 금융위기 때를 봐도 정답은 빤히 나와 있다.

금융위기 당시, 수많은 기업들이 부도를 내면서 시장이 꼬꾸라졌을 때도 연준의 양적완화로 인해 주식시장은 불을 뿜으며 상승을 했었다.

"이번에 연준은 분명히 제로금리를 하면서 양적완화를 시행할 거다. 닫으려 그토록 노력했던 판도라의 상자를 다시 열게 되는 거지. 그럼에도 주식시장은 오르지 못할 거다."

"답답해 죽겠네. 왜 못 오른다는 거야!"

"금리를 내리고 돈을 푸는 게 해답이 아니니까. 시장이 바라는 건 정답이야. 문제를 풀 수 있는 정답이 나오지 않으면 시장은 반응하지 않아."

"정답이 뭔데?"

"그건 숙제니까 공부해서 가져와. 이건 친구가 아니라 오너로서 지시하는 거야."

"이씨, 어쩐지 이런 상황에 소주 마시자고 할 때부터 이상하다 했어. 오랜만에 휴가를 보내는데 꼭 이런 식으로 할래?"

"공부해 봐. 그러면 정말 재미난 걸 알게 될 거야."

이병웅이 의미심장한 미소를 짓자 두 놈이 서로를 바라보며 눈으로 의견을 나눴다.

이건 장난이 아니다.

물론 그들 역시 오랜 투자 경험과 방대한 정보를 수집하고 있었기에 어느 정도 감이 잡혔지만 지금은 대답할 타이밍이 아니다.

이병웅이 원하는 건 바로 투자자로서의 자세에 관한 것이기 때문이었다.

"좋아, 고민하고 공부해서 정확한 답을 가져오지. 그런데 병웅아, 우린 모든 주식을 처분해서 현금을 확보하고 있어. 여기서 미국 시장이 더 하락한다면 투자를 고민해야 되지 않을까?"

"해야지."

"언제?"

"연준 쪽에서 시장이 원하는 정답이 나오면. 그때가 이번 하락의 저점일 테니까."

*　　　*　　　*

파웰 의장이 굳은 표정으로 나타나자 세계에서 몰려든 외신 기자들의 눈이 집중되었다.

긴급 FOMC 회의가 열렸다는 소식이 전해진 건 불과 3시간 전 이야기였다.

경제 쪽 기자들은 갑작스러운 소식에 멘붕을 일으켰다.

불과 13일 전 비상 회의를 통해 50BP의 금리를 인하한 후 상당수의 월가 애널리스트들이 정례 FOMC 회의에서 추가 인하를 점쳤다.

채권시장에서는 다가오는 공식 회의에서 파격적인 금리인하를 기대하고 있었지만 상당수의 애널리스트들은 그런 기대를 욕심으로 치부했다.

코로나바이러스가 미국에 상륙했지만 미국 대통령도 정부도 심각하게 생각하지 않았고, 실제 경제지표가 침체를 나타내고 있다는 것조차 증명되지 않았기 때문이다.

비록 유럽이 바이러스로 인해 초토화되고 있었지만 미국의 확진 인구는 유럽에 비하면 조족지혈에 불과한 상태였다.

그런 상황에서의 긴급 FOMC 회의는 그만큼 기자들을 충격으로 몰아넣기에 충분했다.

파월 의장의 안색은 좋지 않았다.

그는 발표문을 단상에 올려놓고 코끝에 매달린 안경을 밀어 올린 후 미친 듯 사진을 찍고 있는 기자들을 향해 손을 들어 올렸다.

"지금부터 긴급 비상 회의를 통해 의결된 사항들을 발표하겠습니다. 연준은 오늘부로 금리를 100BP 인하하기로 결정했습니다. 금리의 인하는 경제의 하강을 선제적으로 막기 위한 조치이며 금리인하와 더불어 7천억 달러에 달하는 국채 또한 매입할 예정입니다……"

충격적인 선언.

파월 의장의 발표에 기자석에서 난리가 났다.

금리를 제로로 만든 것만 해도 충격적인데 거기에 덧붙여 7천억 달러의 국채를 매입한다는 것은 본격적인 양적완화를 시작하겠다는 의미였기 때문이었다.

파월 의장은 차분하게 결정된 사항들과 배경을 설명해 나갔으나 기자석은 이미 충격에 빠진 채 질문할 내용들을 정리하느라 정신이 없었다.

파월 의장은 의결된 사안들을 전부 발표한 후 몇몇의 기자들로부터 나온 질문들을 차분하게 답해주었다.

속이 매스꺼운 게 꼭 토할 것 같았다.

자신의 대에서 이런 상황을 맞이하게 될 것이라 상상조차 하지 않았으나 막상 거대한 현실에 부딪치자 정신을 차릴 수 없었다.

제로금리와 양적완화.

이 두 가지가 의미하는 건 인류가 신용화폐 시스템의 마지막을 향해 달려간다는 걸 의미했다.

아마, 대부분의 사람들은 이 의미에 대해서 이해하지 못할 것이다.

무제한의 양적완화는 지구상에서 살아가는 인류에게 행복과 웃음을 빼앗아 가는 지옥을 선사할 것이지만 사람들은 오직 자신이 발표한 금리인하와 양적완화 소식에 금융시장의 상승을 기대하며 환호를 하고 있었다.

불안하다.

이 정도에서 금융시장이 흔들림을 멈춰준다면 최악을 면하게 될지도 모른다.

하지만 아무리 생각해도 그렇게 되지 않을 것 같았다.

그가, 그리고 연준이 내민 카드는 바이러스로 인해 초토화된 금융시장의 안정을 도모할 수 있는 정답이 아니었다.

　　　　＊　　　　　＊　　　　　＊

　최정호는 몇 년 전부터 미국 시장에 투자해서 꽤 많은 수익을
얻었다.

　한국 시장은 주식의 움직임이 둔한 편이라 적성에 맞지 않았
지만 미국 시장은 4차 산업 기업들을 중심으로 매일 날아갔기
때문에 적극적 투자자인 그에게는 더없이 매력적인 시장이었다.

　"바보 같은 새끼들."

　중국에서 코로나바이러스가 창궐했을 때 그는 모든 주식을 팔
아치운 후 반등에 환호하는 자들을 바라보며 비웃음을 날렸다.

　끊임없이 정보를 수집했고 시장 상황을 면밀히 관찰했기 때문
에 이번 바이러스가 결코 만만한 것이 아니라는 판단을 했다.

　결국 그의 판단은 맞아떨어져 3월에 들어서면서 주식시장은
박살이 났다.

　회심의 미소를 지으며 무릎을 쳤다.

　진정한 투자는 이렇게 하는 것이다.

　하락장을 예상하고 빠져나와 새롭게 다가올 기회를 노리지 못
한다면 이리 떼가 득실대는 금융시장에서 살아남을 수 없다.

　그가 기다리는 건 연준에서 제로금리를 만든 후 양적완화를
하는 것이었다.

　과거 금융위기 당시 시장은 연준이 양적완화를 하면서 부차별

적인 상승을 했으니 이번에도 비슷한 상황이 펼쳐질 게 분명했다.

그리고 오늘 기적적으로 주식시장이 번쩍거리며 상승하는 걸 확인한 후 최정호는 모든 현금을 풀 베팅 했다.

주식을 해본 놈은 안다.

미친 듯 하락하던 주식이 단시간 내에 상승으로 전환하며 폭발한다는 건 뭔가 엄청난 호재가 발생했다는 걸 의미한다.

무려 5억이란 돈을 풀 베팅 하고 나자 주식은 하늘로 날아갈 것처럼 치솟기 시작했다.

자신의 판단이 맞았다.

불과 2시간 후.

연준 의장이 한꺼번에 금리를 100BP나 내렸고 7천억 달러에 달하는 양적완화를 발표했다는 것이 기사로 쏟아져 나왔다.

자신이 그토록 기다리고 기다리던 호재 중의 호재였다.

이런 호재가 나왔으니 주식시장은 그동안의 하락을 멈추고 활화산처럼 타오를 것이다.

"야호!"

그가 환호성을 지르며 펄쩍펄쩍 뛰자 아내가 부스럭거리며 다가왔다.

"여보, 왜 그래?"

"연준의장이 제로금리와 양적완화를 발표했어. 내가 발표하기 전에 눈치 까고 풀 베팅 했는데, 이거 봐봐. 벌써 5%나 올랐 잖아. 우린 커다란 부자가 될 거야. 돈 벌면 우리 강남으로 이사 가자."

"너무 욕심부리지 마. 난 여기도 좋아."

"좋긴 뭐가 좋아. 우리도 떵떵거리며 살아야 될 거 아냐. 그동 안 강남에 산다면서 잘난 체하는 친구 놈들 이번엔 확실하게 코 를 납작하게 만들어줄 테니 두고 봐."

"알았어. 하여간, 당신 잘해야 돼. 그거 우리가 가진 전부란 거 잊지 마."

"걱정하지 말고 들어가서 자. 난 이거 마저 확인하고 잘게."

"응."

아내가 사라지는 걸 보며 최정호는 다시 컴퓨터 앞에 앉았다.

이번에 떼돈을 벌면 눈부신 생활을 할 것이란 환상에 젖자 웃 음이 저절로 나왔다.

그때, 끝없이 상승할 것 같던 주가가 스멀거리며 하락하기 시 작하더니 폭포수가 내리꽂는 것처럼 하락했다.

두 눈으로 보고도 믿을 수 없었다.

왜, 도대체 왜?

세상에서 가장 커다란 호재가 나왔는데 왜 주가가 하락을 하 는 거야!

밤새 한숨도 잘 수 없었다.

장이 끝났을 때, 주식시장은 무려 12%란 폭락을 기록하고 있었다.

세상을 다 잃어버린 것과 같은 충격.

이런 호재가 나오기를 간절히 기도하고 있었는데 그 호재가 주식시장을 박살 낼 줄 누가 알았단 말인가.

＊　　　　＊　　　　＊

홍철욱은 잠을 자다가 미국 시장을 담당하고 있는 제우스의 팀장으로부터 전화를 받은 후 자리에서 일어나 서재에 있는 컴퓨터 앞으로 향했다.

처음에는 팀장의 전화를 받고도 믿을 수 없었다.

정례 FOMC 회의를 불과 5일 앞둔 상태에서 긴급회의를 통해 제로금리를 만들고 양적완화를 해?

다른 때 같았다면 다시 잠을 청했겠지만 도저히 그럴 수 없었다.

자신은 연준에서 그런 발표를 할 경우 무조건 미국 시장이 상승할 거라 믿었지만 이병웅은 전혀 다른 의견을 내놓으며 숙제를 줬다.

틀리기를 바랐다.

오랜 시간 동안 이병웅의 귀신같은 판단력으로 제우스가 성장했지만 그 역시 금융 전문가로 커왔기 때문에 이번만은 자신의 판단이 맞기를 기대했다.

처음에는 상승하는 주가를 보면서 웃었다.

그러면 그렇지.

이병웅이 아무리 귀신이라도 절대적인 호재가 나온 이상 주가가 하락한다는 건 있을 수 없는 일이다.

하지만 그의 웃음은 불과 3시간 만에 사라지고 말았다.

주식시장이 미쳤다.

매머드급 호재가 터졌음에도 무려 12%나 하락하는 미국 시장을 보면서 홍철욱은 새삼스레 이병웅이 내준 숙제를 떠올릴 수밖에 없었다.

가만히 앉아 파란색으로 물결치는 모니터를 바라보며 한숨을 길게 내리쉬었다.

천재는 하늘이 낳는다고 했던가.

과연 이병웅의 머릿속은 어떻게 생겼는지 열어보고 싶다는 생각이 불끈 솟구쳐 올라왔다.

시기심?

그런 게 아니다.

그저 천상에 홀로 앉아 세상을 내려다보는 것처럼 바라볼 수 있는 그의 혜안이 너무나 부러울 뿐이었다.

시장은 정답을 원하고 그 정답은 연준에게 있지 않다는 말이 계속해서 머릿속을 빙글빙글 돌았다.

과연… 그 정답은 뭘까?

금융시장은 오직 풀려 있는 돈으로 승부를 보는 세계다.

그런 세계에 홍수처럼 막대한 자금이 흘렀음에도 주식시장이 상승하지 못한다는 건 이병웅의 말처럼 다른 해답이 있다는 뜻이다.

*   *   *

"오빠, 나 머리도 아프고 속이 안 좋아요."

"응, 어디 봐."

아침에 일어난 황수인의 얼굴은 피곤해 보였고 혈색도 좋지 않았다.

다른 때 같았으면 흐트러진 모습을 보여주지 않기 위해 조심스레 일어났을 텐데 오늘따라 황수인은 자고 있는 이병웅을 깨웠다.

놀란 눈으로 그녀의 머리를 만졌다.

하지만 의학 상식이 전혀 없었던 그로서는 그녀에게서 열이 나는 건지 확인하기 어려웠다.

"으슬으슬 떨려요. 열도 나는 것 같고."

그녀가 아프다는 말을 하자 이병웅의 머릿속이 순식간에 경고음으로 가득 찼다.

바이러스의 특성이 고열과 오한, 기침 등이라는 설명을 봤기 때문이었다.

대한민국이 선제적 조치로 인해 확진자를 걸러내고 있었지만 현재도 계속해서 감염자가 나오는 상황이라 이병웅의 안색은 어두워질 수밖에 없었다.

"일어나 봐. 수인 씨, 정확히 어디가 아픈 거야?"

"모르겠어요. 그냥 무기력하고 온몸이 아파. 열이 너무 나는데, 혹시 나 전염된 거 아닐까?"

그녀도 그걸 걱정하고 있는 것 같았다.

하긴, 왜 안 그럴까.

요즘은 조금만 감기 증상이 있어도 감염부터 의심해야 하는 상황이었으니 당연히 걱정부터 들었을 것이다.

"수인 씨, 일어날 수 있겠어?"

"응, 일어날 수 있어요."

"그럼 부축해 줄 테니까 샤워부터 해. 그동안 내가 보건소에 신고할게."

"오빠, 나 무서워요. 진짜 감염된 거라면 어떡하지. 감염되면 무조건 격리가 된다고 하던데……."

"바보, 아직 속단하지 마."

이병웅이 선택한 것은 주치의인 김한길 박사에게 연락하는 것이었다.

특수한 신분이었으니 그들의 행동은 하나하나가 세간의 주목을 받을 수밖에 없다.

기자들이 알게 된다면 검사를 받은 사실 하나만으로도 특종이 될 것이고 만약 확진자로 판명이 될 경우 세계 모든 언론의 메인뉴스로 뜰 테니 최대한 보안 유지가 필요했다.

김한길 박사의 안내를 받아 그녀와 함께 검사를 받으며 이병웅은 한숨을 길게 흘려냈다.

방진복을 입은 채 검사를 하던 의료진들은 그와 황수인이 들어서자 한동안 움직이지 못했는데, 커다란 충격을 받은 것 같았다.

그들 부부가 확진 판정을 받는다는 건 단순한 확진자의 증가로 그치는 게 아니다.

그들은 대한민국을 상징하는 부부였으니 사회적인 여파를 생각한다면 커다란 불행이 되어 사람들을 불안에 빠뜨릴 게 분명했다.

결과를 기다리는 동안 이병웅과 황수인은 초조한 시간을 보냈다.

아무도 집에 오지 않게 철저히 막았고 심지어 음식을 시키지 않은 채 직접 요리해서 먹었다.

그렇게 이틀이란 시간이 지난 후 병원에서 연락이 왔다.

그들 부부의 검사 결과가 음성이란 소식이었다.

이병웅은 황수인과 손을 부여잡고 펄쩍펄쩍 뛰며 좋아했다.

마치 죽었다가 살아 나온 기분.

새삼스레 바이러스에 걸린 사람들의 기분을 알 수 있을 것 같았다.

그러나 그런 기쁨도 황수인이 계속 구토를 하면서 침대 속으로 파고들자 다시 불안감으로 바뀌었다.

"수인 씨, 왜 그래. 아직도 아파?"

"이상해요. 바이러스에 걸린 것도 아닌데 왜 이러는지 모르겠어요. 온몸이 무기력하고 열이 나요."

"하아……."

혹시 검사가 잘못된 걸까?

그렇다면 나는.

그녀가 감염되었다면 자신도 문제가 있었을 것이고 비슷한 증상을 보여야 했지만 자신의 몸은 멀쩡했다.

하루 내내 그녀를 돌보며 시간을 보냈다.

불안과 초조.

검사를 받았음에도 그녀가 아프다며 침대에서 일어나지 못하자 이병웅은 안절부절못하며 오만 가지 생각에 잠겼다.

홍철욱이 답을 찾았으니 만나자는 연락이 왔음에도 그는 나중에 듣겠다며 전화를 끊었다.

부모님께서 전화가 왔고 정설아와 윤명호 회장이 업무에 관련된 보고를 해왔지만 듣는 등 마는 등 하면서 전화를 끊었다.

결국 하루가 더 지나고 그는 다시 김한길 박사에게 전화를 걸 수밖에 없었다.

"박사님, 검사를 받고 음성으로 나왔는데도 수인 씨가 계속 아파해요. 혹시 검사가 잘못된 걸까요?"

"글쎄요, 우리나라 진단키트의 오차 범위는 5%밖에 되지 않아요. 정확히 어떤 증상이죠?"

"자꾸 춥다네요. 그리고 먹지를 못해요. 먹으면 구토를 하거든요."

"일단 짚이는 게 있으니까 병원으로 나와보세요. 제가 3시에 시간이 나니까 그때 보는 게 좋겠네요."

"알겠습니다."

*   *   *

병원에 도착하자 김한길 박사는 조용히 앉아 황수인으로부터 증상을 꼬치꼬치 캐물었다.

그런 후 빙그레 웃으며 입을 열었다.

"수인 씨, 생리 언제 하셨어요?"

"그게……."

"아무래도 수인 씨의 증상은 임신인 것 같습니다. 제가 산부인과 최고 권위자인 윤인숙 박사를 소개해 줄 테니 거기 가서 세부 검사를 받아보세요."

"임신이라고요? 박사님, 우리 수인 씨가 임신을 했단 말입니까!"

이병웅이 펄쩍 뛰면서 소리를 지르자 김한길 박사가 너털웃음을 터뜨렸다.

세계적인 스타답지 않게 이병웅이 양손을 모은 채 기도하는 자세를 취했기 때문이었다.

"정확한 건 검사를 해봐야 됩니다. 하지만 내 경험으로는 그럴 가능성이 큰 것 같네요."

"아, 감사합니다."

"병웅 씨 부부에게 자녀가 생기기를 많은 사람들이 기다려 왔는데 좋은 소식을 전해줬으면 좋겠네요. 정말 수인 씨가 임신을 했다면 바이러스 때문에 고통받는 국민들한테 커다란 선물이 될 겁니다."

*   *   *

바이러스로 인해 비상시국이었으나 황수인의 임신 소식은 금방 퍼져 나가며 특종에 특종을 거듭 생산해 냈다.

결혼한 부부에게 아이가 생긴 게 그렇게 특별한 일은 아니다.

하지만 전 세계의 주목을 받고 있는 이들 부부에게 아이가 생겼다는 건 바이러스로 인해 침체된 사람들에게 희망의 불씨를 안겨주기에 충분했다.

"축하한다, 수인 씨는 어디 있어?"

"일단, 처가에 보내놨다. 아무래도 우리 엄마보다는 장모님이 편할 것 같아서."

"잘했네."

"현수는?"

"오는 중이라고 메시지 왔어. 정 회장님도 금방 도착하신단다."

홍철욱의 말이 끝나자마자 문이 열리며 정설아가 들어섰다.

그녀는 들어서면서 손을 내밀었는데 얼굴에 웃음이 가득 들어 있었다.

"병웅 씨, 축하해."

"고마워요."

"수인 씨, 업고 다녀야겠다. 우리 병웅 씨, 꽤 고민하더니 정말 잘됐어."

"조금 설레기는 하네요. 앉으세요. 누나가 좋아하는 도다리로 준비해 놨습니다."

이병웅이 너스레를 떨면서 의자를 가리키자 정설아가 입술을 삐죽이며 자리에 앉았다.

말은 하지 않았지만 기분이 이상했다.

깊은 관계를 맺었던 남자의 아이 소식은 기쁨과 어딘지 모르는 회한을 동시에 느끼게 만들었다.

문현수가 들어온 것은 정설아가 자리에 앉은 후 일행이 첫잔을 비웠을 때였다.

"미안, 조금 늦었지?"

"일찍 좀 다녀. 보스 모셔놓고 뭐 하는 짓이야!"

"이거 사적인 자리 아니었어?"

"회의다, 회의. 오늘 중요한 일에 대해서 토의하기로 했잖아."

"쳇, 차가 막혀서 늦은 거 가지고 너무 뭐라 하지 마라."

"차가 막혀? 이 자식아, 내 코가 막힌다. 바이러스 때문에 시내
가 얼마나 한산한데 정체 타령을 해, 둔한 놈아. 변명을 대도 그
럴듯한 걸 대야지."

"하아, 잔인한 놈. 넌 친구가 조금 늦은 거 가지고 거머리처럼
달라붙을래? 누나, 저 자식 좀 어떻게 해봐요!"

"호호… 일단 앉아. 후래삼배 알지?"

"그거야, 뭐."

정설아가 웃으며 술을 따라주자 문현수가 넙죽 받아 마셨다.

그런 후 이병웅을 향해 축하 인사를 건넸다.

"너 닮은 아들 낳으면 좋겠다. 노래도 너만큼 잘했으면 좋겠고."

"난 수인 씨 닮은 딸이 더 좋아."

"딸 바보 하려고?"

"응."

"자, 자… 본격적으로 마시기 전에 숙제부터 합시다. 그래야
답답한 속이 뚫릴 것 같아."

홍철욱이 중간에서 끼어들었다.

그는 아까부터 자신이 준비한 정답이 맞았는지 궁금해서 견딜 수 없었다.

미국의 주식시장은 연일 폭락을 거듭하고 있었다.

물론 세계 주식시장 시총의 50%를 차지하는 미국이 폭락을 거듭하자 유럽을 비롯해서 전 세계의 주식시장이 흔들렸다.

제로금리와 양적완화란 카드를 빼 들었음에도 시장은 전혀 폭락을 멈출 생각이 없는 것 같았다.

"어제도 7%가 빠졌어. 이러다가 전 세계 주식시장이 완전히 주저앉을지도 몰라."

"인간들은 공포에 젖으면 일단 던지고 봐. 무조건 현금을 확보해야 된다고 생각하거든."

"금과 은, 심지어 최고의 안전자산이란 미국의 국채까지 박살나고 있어. 철욱이 말이 맞아."

"오케이, 그럼 지금부터 숙제 검사를 해볼까?"

"무슨 숙제?"

이병웅이 친구 놈들을 바라보며 웃자 옆에 있던 정설아가 궁금하단 눈으로 쳐다봤다.

그녀는 아무것도 모른 채 회의가 있다는 말만 듣고 나온 상태였다.

"내가 얘들한테 숙제를 내줬어요. 왜 제로금리와 양적완화를 했는데도 주식시장이 떨어지는가에 대해서."

"어려운 숙제를 내줬구나."

"누나도 생각해 봤겠죠?"

"당연히."

"그렇다면 애들 대답 듣고 누나 생각도 들어보죠."

오죽할까.

그녀는 세계 최고의 투자 집단 제우스를 이끄는 사람이다.

비록 대한민국 주식시장은 제우스가 방어했기 때문에 세계 주식시장과 전혀 다른 행보를 하고 있었지만 미국의 흐름은 그녀에게도 초미의 관심사였을 것이다.

"내가 먼저 말하지. 과거 금융위기 때는 연준의 금리인하와 양적완화로 인해 위기를 잠재울 수 있었어. 그때는 금융권의 부실로 인한 것이었기 때문에 돈을 돈으로 틀어막는 조치가 약발을 제대로 먹은 거야. 하지만 이번엔 달라. 양적완화만 가지고는 실물경제를 살릴 수 없어. 더군다나 팬데믹이 본격적으로 진행될 경우 사람들이 소비하지 않기 때문에 돈을 아무리 뿌려도 소용이 없는 거야. 그래서 주식시장이 반응을 하지 않은 거고."

"그게 다야."

"또 있어, 진짜 이유."

"다른 건 내가 말할게. 철욱이가 다 말하면 난 뭐 하냐."

"오케이, 현수 네가 나머지를 말해봐."

"시장은 기업들을 걱정하고 있지. 소비가 멈추면 기업들은 부도의 위험에 처해. 지금 미친 듯이 현금을 확보하는 것도 그런 이유야. 따라서 단순히 돈만 풀어서는 안 돼. 기업들이 파산하지 않도록 조치가 나와야 시장이 안정될 거야."

"상당히 근접한 대답들을 가져왔네. 하지만 정확하지 않아. 너희들의 대답은 몇 가지가 빠졌다. 어때요, 누나가 채워볼래요?"

"내 생각에는 철욱 씨나 현수 씨가 말한 것 정도로는 안 될 것 같아."

"왜죠?"

"연준은 이번 위기의 정답을 알고 있지만 해답을 내놓을 수 없어. 연준에서는 투자적격등급의 회사들만 살릴 수 있어. 다시 말해서 정크 등급을 살리지 못한단 뜻이지. 더군다나 이번 러시아와 사우디의 감산 협의가 파투 나면서 유가가 급락하고 있기 때문에 더욱 그래. 시장은 셰일가스 관련 업체들의 대량 부도를 겁내고 있을 거야."

"맞아요. 정확히 보셨어요."

이병웅이 정설아의 대답을 들으며 손뼉을 쳤다.

그렇다.

지금 시장은 CCC 투자 부적격 회사들의 파산을 겁내고 있었다.

단순하게 좀비기업들의 파산이라면 두려울 게 뭐가 있을까.

하지만 인간의 탐욕은 CLO란 파생상품을 만들었는데, 그 금액이 과거 금융위기를 초래했던 CDO 이상이었다.

다시 말해 투자 부적격 회사들이 무너지면 그것을 토대로 만들어진 CLO가 무너지고 그렇게 될 경우 금융권 전체가 흔들릴 가능성이 컸다.

"그런데 왜 적격 회사들만 살린다는 거야. 좀비기업들이 무너지면 CLO에 문제가 있다는 걸 알 텐데?"

"연준은 미국의 중앙은행이다. 그들은 안정된 담보물이 있어야 자금을 풀 수 있어. 그래서 보통 3개월짜리 국채를 사들이지. 그러나 이런 위기 상황에서는 장기채권도 사들인다. 회사채를 사는 건 의회의 승인이 있어야 가능해. 적격 회사채를 사는 것도 될까 말깐데 좀비기업들을 사줄 것 같아?"

"의회가 승인을 해주지 않을 거다?"

"당연하지. 과거 금융위기 당시 벤 버냉키 의장은 의회의 승인을 받지 않고 회사채를 샀다가 청문회에 끌려 나간 적이 있어. 법을 위반했다는 이유로. 현재의 파월 의장은 변호사 출신이라 누구보다 그런 사실을 잘 알아. 아마, 그는 의회의 승인 없이는 결코 회사채를 사지 않을 거다."

"환장하겠네. 그렇다면 결국 연준은 해법을 내놓을 수 없다는 뜻이구나."

"아니, 연준은 내놓는다."

"내놓는다고?"

이병웅이 눈을 빛내며 말을 하자 세 사람이 동시에 소리를 질렀다.

지금 연준이 풀어놓은 돈만 해도 천문학적이었고 아직 기업들에게 문제가 생기지 않았으니 법을 어기면서까지 금융시장을 살리기 위해 그런 짓을 할 리 만무했기 때문이었다.

하지만 이병웅의 눈은 확신에 차 있었다.

"조만간 연준과 정부가 추가 부양책을 내놓을 게 분명해. 그 안에 적격 회사채의 매입에 관한 것도 담길 거야."

"왜?"

"미국 정부와 연준이 바라보는 건 금융시장이 아니야. 그들이 바라보는 건 미국의 경제가 꺼꾸러지는 걸 막는 거다. 그러니 고용시장 안정과 사회불안을 사전에 방지하기 위해 거대한 부양책을 발표할 거야."

"이렇게 많은 돈을 풀어놓고 또 내놔? 미국이 세상을 죽이려고 작정하지 않은 이상 그런 짓은 못 해!"

"한다, 분명히 한다."

"휴우……."

워낙 확신에 찬 말이었기에 세 사람의 입에서 한숨이 흘러나왔다.

이해가 되지 않는다.

미국의 상황은 유럽에 비하면 양호한 상황이었다.

물론 본격적인 검진을 하지 않았기에 확진자의 숫자가 적다는 분석이 주를 이루었으나 이병웅의 예언은 조금 과한 면이 있었다.

"그럼 그게 이뤄지면 금융시장이 안정될까?"

"연준이 의회를 설득해서 CCC 등급의 채권까지 사준다면 가능하겠지. 하지만 그런다 해도 한 가지 조건이 더 있어야 해."

"어떤 조건이 또 있어야 돼. 그 정도면 넘치는 거 아냐?"

"바이러스."

"바이러스?"

"바이러스를 미국이 잡아야만 이 사태가 끝난다. 내가 전해 들은 정보에 따르면 지금 미국은 검진을 안 해서 그렇지 유럽 이상으로 확산이 진행되고 있어."

"허억, 그거 정말이야?"

"만약 미국이 3개월 이내에 바이러스를 때려잡지 못하고 하반기까지 넘어가면 우리가 생각했던 버블장은 만들어지지 못해."

"그럼?"

"…대공황이 찾아오겠지."

침묵.

이병웅의 말이 끝나자 이야기를 듣고 있던 친구들과 정설아의 얼굴이 무섭게 굳어졌다.

매번 수뇌부 회의 때마다 그들은 금융시장의 마지막을 장식하게 될 버블이 생길 것이라 예측하고 있었다.

경제 침체가 오면 신용화폐의 목숨을 끊어버릴 거대한 양적완화가 시행될 것이고 그 결과 엄청난 버블이 탄생할 것이라 생각했던 것이다.

그런 후 모든 부채가 터지며 대공황이 찾아온다.

이병웅이 제우스와 산하 그룹들을 총동원해서 금과 은을 사들이고 식량을 자급자족 수준으로 끌어올리기 위해 애를 쓴 것도 그 대공황에 대비하기 위함이었다.

그런데 버블이 만들어지기 전에 대공황이 찾아올지 모른다는 이병웅의 말은 충격을 넘어 공포를 불러일으켰다.

아직 시간이 남았다고 판단했기 때문에 열심히 준비하는 중이었지만, 단시간 내에 대공황이 찾아온다면 부족한 게 한둘이 아니었다.

"병웅 씨, 그럼 큰일이잖아."

"금과 은은 얼마나 사들였죠?"

"금이 3,200톤. 은은 3억 온스야."

"벌써 은은 시중에서 자취를 감췄어요. 이미 세력이 움직였단 뜻이죠."

"맞아, 시중에서 움직이던 실버 코인은 더 이상 살 수 없어. 실버 바도 예약을 해야 3개월 후에 받을 수 있다고 하더라."

"하지만 금은 있어요. 모든 투자 세력이 현금을 확보하느라 금을 내놓고 있거든요."

"그래서?"

"모든 자금을 동원해서 쓸어 담으세요. 우린 이 기회에 금을 5,000톤까지 늘려야 해요."

"정말… 금이 대한민국을 살려줄 수 있을까?"

"당연히, 신용화폐가 쓰레기로 변하면 인류는 새로운 금융시스템으로 전환해야 됩니다. 그때 금과 은은 무지막지한 위력을 발휘하게 될 거예요."

"솔직히 그런 상황이 올까 봐 겁나. 준비한다고 준비했지만 막상 대공황이 오면 대한민국 역시 그 여파에서 벗어나지 못할 거야."

"세계는 하나니까 당연히 얼마간의 고통은 발생하겠죠. 하지만 다른 나라에 비해 그 고통은 훨씬 작을 겁니다. 그동안 우리는 열심히 준비해 왔으니까요."

맞는 말이다.

이 모든 게 이병웅의 머리에서 나왔지만 그런 준비를 위해 수많은 사람들이 오랫동안 움직여 왔다.

대공황이 오게 된다면 국가는 살아남기 위해 반드시 두 가지가 필요하다.

하나는 식량이고 또 다른 하나는 에너지였다.

"식량은 우리 농군그룹에서 3년 동안 준비해 왔기 때문에 어느 정도 성과가 있었지만 에너지는 어쩌지?"

"그건… 극비지만 에너지 쪽은 정부에서 준비했어요. 대통령님께서 적극적으로 움직이셨죠. 대한민국이 3년간 쓸 수 있도록 전략비축유를 5억 배럴이나 사들여 비밀 장소에 저장하고 있어요."

"정말이야?"

"대통령님께서는 다른 건 전부 제우스가 준비해 줬으니 그것만큼은 당신이 준비하시겠다고 약속하셨어요."

"우와, 미치겠네."

정말 말 그대로 미치고 펄쩍 뛸 일이다.

무엇 하나 못 하는 게 없는 나라.

덩치를 빼고 계산한다면 그야말로 세계에서 대한민국이 두려워할 나라는 아무도 없었다.

경제력은 3위였으나 중국은 인구 때문에 GDP가 밀렸을 뿐 상대조차 되지 않았고 일인당 GDP는 미국의 턱밑까지 추격한 상태였다.

당장 바이러스에 대처하는 대한민국의 보건 체계는 세계를 깜짝 놀라게 만들 만큼 완벽하게 진행되고 있었다.

전 세계에서 도시를 봉쇄하지 않은 채 바이러스를 때려잡는 건 대한민국이 유일했다.

"앞으로의 진행 상황을 면밀하게 체크해야 됩니다. 연준의 움직임은 물론이고 각국의 동향, 그리고 바이러스의 진행 상황까지 철저하게 체크해 주세요."

"알았어."

"어쩌면, 우리는 미국과 중국의 자본을 통째로 쓸어 담을 수 있을지 몰라요. 과거 그들이 IMF때 우리나라를 벗겨먹은 것처럼."

"첫 번째 시나리오일 경우겠네."

"그렇죠. 물론 우리는 두 번째 시나리오도 철저히 준비해야 돼요."

"그건 정부와 협의가 되어야 할 텐데?"

"조만간 내가 대통령님을 만나러 갈 거예요. 그때 많은 이야기를 나눌 테니 걱정하지 마세요."

*   *   *

다우지수가 38%나 떨어지자 미국 대통령이 전면에 나서 2조 달러의 부양책을 꺼내 들었다.

그 안에는 성인 1인당 120만 원을 준다는 내용도 포함되었는데, 초기 MMT 방식이다.

MMT(현대화폐이론)는 포퓰리즘의 극단에 해당되는 통화제도로서 헬리콥터머니를 뿌려도 인플레이션만 발생하지 않는다면 괜찮다는 이론이었다.

미국 시장이 반등에 성공한 건 미국 대통령의 부양책이 발표된 다음 날이었다.

재밌는 반응.

당일에는 여지없이 꼬라박던 주식시장은 다음 날이 되자 거

짓말처럼 12%라는 반등을 만들어냈는데 미국 주식시장 역사에
서 최고를 기록한 반등이었다.

극적인 반전.

시장이 뒤늦게 그토록 격렬한 반응을 보인 건 대통령의 부양
책 때문이 아니라 연준의 행동 때문이었다.

막강한 정보력을 지닌 스마트머니들은 연준 쪽에서 곧 무제한
양적완화를 발표할 것이란 정보를 입수하고 선제적으로 움직였
던 것이다. 단지, 무제한 양적완화였다면 시장이 이렇게 반응하
지 않았겠지.

곧이어 발표한 연준의 발표 내용은 무제한 양적완화에 적격
투자 등급 회사채의 매입까지 포함된 매머드급 핵폭탄이었다.

정말 압도적인 스피드로 진행된 시장 안정화 대책이었다.

하긴, 그럴 만도 하다.

본격적으로 확진 검사가 시작된 미국의 상황은 아비규환이나
다를 바 없었는데 며칠 되지 않았음에도 확진자가 하루에 만 명
이 훌쩍 넘고 있었다.

                    *   *   *

"휴우, 어이없군."

문현수가 텔레비전을 보면서 믿을 수 없다는 표정을 지었다.

그는 혼자 있는 이병웅을 위로하기 위해 놀러 왔는데 같이 뉴스를 보면서 맥주를 마시는 중이었다.

"병웅아, 난 아무리 생각해도 이해가 안 가. 넌 귀신이냐? 저렇게 될 거란 걸 도대체 어떻게 안 거야?"

"정책을 쓰지 않으면 전부 망하니까. 그래서 의회 쪽도 눈감아 준 걸 테고."

"이건 양아치들도 아니고… 회사를 살리기 위해 저런 편법을 쓰다니 기가 막히네. 정부에서 투자회사를 만드는 방식이지?"

"실질적인 돈은 연준이 댄다고 하잖아. 결국 거대한 도끼를 꺼내 들었어. 물론 그렇다고 모든 게 해결되는 건 아니지만."

"좀비기업들?"

"맞아, 이번 조치는 투자 적격 회사들에 한정되어 있다. 그게 무슨 뜻인 줄 알아?"

"이번 참에 구조조정을 하겠단 뜻일까?"

"휴우, 미국 놈들은 아주 영악한 놈들이지. 독하기도 하고. 미국의 은행들은 전부 투자 적격 회사채만 샀다. 신용도 BBB 이상만 샀어. 그럼 투자 부적격인 CCC는 누가 샀을까?"

"설마?"

"맞아, CCC채권은 미국이 아니라 다른 놈들이 대부분 사들였어. 탐욕에 눈이 먼 자들이. 그중 우리나라 은행과 증권사, 헤지펀드들도 포함되어 있다."

"정말이야?"

"내가 알기로 우리나라 CCC등급에 물린 돈이 150조라고 하더군."

"어이가 없네."

"미국 정부가 좀비기업들을 방치한다면 우리나라 쪽도 엄청난 타격을 받게 될 거야. 물론 그렇게 만들지는 않겠지만."

"너는 미국이 좀비기업들을 살릴 거라 생각해?"

"당연히 그럴 거다. 그래야, CLO가 터지지 않을 테니. 채권에는 벗어나 있지만 그놈들도 CLO에는 왕창 몰려 있거든."

"그건 다행이네."

"연준에서 무제한 양적완화와 회사채 매입까지 나왔으니 이제 막을 건 다 막았다. 마지막 CCC채권 쪽만 해결하면 금융위기로 전이되는 마디들은 전부 끊어놨어."

"그럼 이제 바이러스만 잡으면 되겠구나?"

"그렇지. 하지만 그게 쉽사리 잡힐까?"

모든 것이 함축된 반문.

그렇다.

바이러스가 잡히지 않는다면 각국의 중앙은행들이 아무리 많은 돈을 풀어도 의미가 없게 된다.

그리고 그 끝은 상상하기 싫은 결과로 나타날 것이다.

화면이 바뀌면서 난장판으로 변해 버린 미국의 모습이 흐르고 있었다.

미국의 경제 심장이라는 뉴욕이 박살 난 모습.

뉴욕은 바이러스의 공격에 초토화가 된 상태였는데 거리에는 사람들의 모습이 보이지 않았다.

문현수가 맥주를 마시다가 눈을 둥그렇게 뜬 채 캑캑거린 건 화면에서 상상하지 못했던 뉴스가 흘러나왔기 때문이었다.

"중국은 전 세계를 휩쓸고 있는 바이러스가 우한에서 발생한 게 아닐지도 모른다는 주장을 하고 있습니다. 중국의 일부 언론들은 세계군인체육대회에 참석한 미군이 바이러스를 전파했다고 주장해서 파문이 커지고 있습니다. 반면 미국에서는 말도 안 되는 소리라며 바이러스의 확산을 은폐하고 자료를 조작해서 세계에 퍼져 나가도록 방치한 중국을 상대로 책임을 물어야 한다는 여론이……"

두 사람은 뉴스가 끝날 때까지 맥주를 마시지 않았다.

어이가 없기도 하고 게임이 이상한 쪽으로 진행될지 모른다는 직감이 들었기 때문이었다.

"재밌네."

"중국이 쪼다가 아닐 텐데 저렇게 나오는 이유가 뭘까?"

"미리, 예상하고 빠져나갈 구멍을 만들려는 거겠지. 그대로 있으면 무조건 독박 써야 되거든."

"배상 문제?"

"미국 애들은 소송을 무척 좋아해. 유럽 애들도 그렇고. 지금은 바이러스 때문에 정신이 없는 상태지만 분명 어느 정도 진정 되면 피해보상을 요구하는 소송에 돌입할 거야. 그리되면 골 때리는 상황이 되지 않겠어?"

"웃겨, 바이러스가 중국에서 나왔다는 증거도 없는데 그걸 어떻게 증명해. 그리고 중국이 뭐 저쪽 아프리카에 있는 조그만 나라도 아닌데 쉽게 인정하겠어? 피해보상 금액이 어마어마할 텐데?"

"당연히 씨알도 먹히지 않는 얘기야. 하지만 진짜 중국이 두려워하는 건 피해보상 때문이 아니다. 미국도 그걸 원하는 게 아니고."

"무슨 소리야. 도무지 모를 소리만 하고 있네. 넌 그게 문제야. 좀 쉽게 말하면 어디가 덧나?"

문현수가 소리를 빽 질렀다.

바이러스가 퍼지면서 매번 뉴스를 시청했지만 중국의 엉뚱한 주장은 처음 듣는 것이고 미국의 거친 반응도 마찬가지였다.

그런데 이병웅은 거기서 뭔가를 눈치채고 다른 생각을 하고 있는 것 같았다.

"앞으로 저 문제는 계속 커질 게 분명해. 양쪽 모두 사활을 걸고 공격과 방어를 하겠지. 하지만 결국은 중국이 진다. 국제재판소는 미국의 영향권 아래 있거든."

"중국이 받아들이지 않으면 말짱 꽝일 텐데?"

"받아들이든 그렇지 않든 그런 건 상관없어. 미국에게 중국을 압박할 수 있는 좋은 카드가 생겼다는 게 중요할 뿐이지."

"너 혹시······."

"맞아, 아직 미국과 중국의 패권전쟁은 끝나지 않았다. 잠시 휴전을 한 상태에서 바이러스가 퍼지는 바람에 쏙 들어갔을 뿐이지만, 분명 바이러스가 멈추면 다시 시작된다. 미국 대통령은 중국과 싸울 수 있는 무기를 이번 바이러스 때문에 전부 장착한 상태거든."

"그게 뭔데?"

"제로금리와 양적완화."

"커억!"

문현수가 또다시 허파에 바람 빠지는 소리를 냈다.

바이러스에 정신이 빠져 그동안 미중 무역 전쟁을 까맣게 잊고 있었는데, 이병웅의 말을 듣고 나자 소름이 쫙 끼쳤기 때문이었다.

제로금리와 무제한 양적완화.

중국과의 전쟁에서 이기기 위해 미국 대통령이 연준을 향해 끊임없이 주문한 내용들이었다.

중국과의 전쟁을 승리로 이끌기 위해서는 약달러가 필수적인데 바이러스로 인해 연준이 항복을 하고 최강의 무기를 미국 대통령에게 내준 것이다.

"싸움은 바이러스의 태동 원인에서부터 다시 시작될 거다. 집요하게 물고 늘어지면서 미국은 중국의 숨통을 차근차근 짓누를 거야. 이전 전쟁에서는 중국이 버텼지만 이번에는 항복할 수밖에 없어. 미국 대통령에게는 최강의 무기가 생겼거든."

"휴우, 중국이 지게 되면?"

"위안화를 절상하게 만들겠지. 그런 후 무차별적인 달러 공습을 퍼부을 거야."

"플라자합의?"

"빙고."

문현수가 플라자합의를 말하자 이병웅이 빙긋 웃었다.

역시 머리는 기가 막히게 돌아간다.

단순하게 달러 공습이란 말만 했을 뿐인데 그의 입에서 플라자합의란 말이 튀어나왔다는 건 자신이 생각하고 있는 걸 정확하게 캐치하고 있단 뜻이었다.

"일본이 플라자합의 때문에 30년이 넘도록 일어서지 못하잖아. 아마, 이번에도 미국은 그것과 똑같은 패턴으로 중국을 넘어뜨릴 거야."

플라자합의는 1985년 미국 플라자호텔에서 다섯 개의 강대국이 모여 일본의 엔화를 절상하도록 강요한 협약이었다.

그때까지 일본은 세계 2위의 경제대국으로서 미국을 위협할 정도로 성장했는데, 미국은 더 이상 일본의 도전을 용납하지 않았다.

달러당 240엔이던 엔화가 순식간에 120엔으로 절상되었고 불과 3년 만에 70엔까지 상승하면서 일본은 상상할 수 없을 정도의 버블을 만들었다.

오죽하면 동경을 팔면 세계를 살 수 있다는 말까지 나왔을까?

양털 깎기의 전형적인 수법.

미국은 엔화가 강해지자 물밀듯 달러 공습을 퍼부으며 일본 전체를 버블로 만들어 주가지수가 무려 39,000까지 치솟게 만들었다.

그런 후 펑!

불과 2년 만에 주가지수는 15,000까지 빠졌고 1993년에는 8,300까지 주저앉았다.

일본의 경제는 박살 났고 그 후 일본은 잃어버린 30년을 맞으며 세계경제의 뒤안길로 사라지게 되었던 것이다.

"천운으로 바이러스가 가라앉게 되면 중국에는 상상하지 못할 버블장이 연출될 거다. 그래서 네가 잘해야 돼. 그 기회에 우리도 끼어들어 중국을 벗겨먹어야 되거든."

"미국도 마찬가지일 텐데?"

"당연하지, 이렇게 많은 돈이 풀렸으니 미국을 비롯해서 전 세계가 역사상 유례없는 버블을 만들어낼 거다. 하지만 중국과는 비교할 수 없어. 미국이 작정하고 덤벼든 이상 중국은 끝 모를 거대한 풍선을 만들 테니까."

"제대로 복수할 수 있겠구먼. 땅덩어리 크다고 매번 우릴 우습게 알던 놈들인데 이번에 죽여 버려야겠다."

"잘해야 돼. 물론 상황을 봐야 되겠지만 미리 준비하고 있어."

"오케이!"

*　　　　*　　　　*

일본 총리 관저.

회의실 탁자에는 총리를 비롯한 각료들이 모여 있었는데 얼굴들이 전부 심각하게 굳어져 있었다.

지금까지 총리를 비롯해서 모든 각료들은 공식 석상에 설 때마다 무조건 올림픽이 치러져야 된다는 주장을 해왔다.

일본은 바이러스를 잘 관리하고 있기 때문에 올림픽을 치르는데 아무런 문제가 없다는 주장을 일관적으로 해왔던 것이다.

하지만 시간이 지날수록 세계 언론의 비난이 무차별적으로 쏟아져 나왔다.

"일본은 현 상황을 숨기지 말고 올림픽을 취소하라. 스포츠 축제를 무덤으로 만들 생각인가!"

"우리는 가지 않는다. 올림픽은 나의 꿈이나 바이러스와 함께하고 싶지는 않다."

미국의 CNN, 영국의 BBC, 호주, 캐나다, 중국 등 수많은 국가의 언론들이 일본의 태도를 비난하며 올림픽을 취소하거나 연기해야 된다며 한목소리를 냈다.

그럼에도 일본 총리를 비롯해서 각료들은 눈 하나 깜짝하지 않고 버텼다.

절대 일본이 먼저 나서서 올림픽의 취소나 연기를 말할 수는 없었다.

일본이 먼저 나서서 그런 결정을 하는 순간 막대한 중계권료는 물론이고 각종 광고와 예약분에 대한 천문학적 보험 혜택을 받을 수 없기 때문이었다.

그래서 버티는 것이다.

IOC가 나서서 먼저 취소 결정을 해준다면 일본은 그런 독박에서 벗어날 수 있었다.

하지만 IOC도 쪼다가 아니다.

그래서 매일같이 일본을 향해 올림픽을 포기하라고 종용하는 것이었다.

자기들이 먼저 말하는 순간 IOC 측에서 준비했던 행사 취소 보험료가 날아가기 때문이다.

"IOC가 계속해서 압박을 해오고 있습니다. 우리 쪽 사정을 빤히 들여다보며 취소해 주길 바라고 있습니다."

"어림없는 소리. 우리는 확진자 수가 1,000명도 안 되잖소!"

올림픽 준비 위원장 마사토의 보고에 총리가 대뜸 말도 안 되는 소리를 했다.

그럼에도 각료들은 전면만 응시한 채 침묵으로 일관했다.

총리가 몰라서 하는 소리가 아니다.

결정이 날 때까지 일본은 총리를 비롯해서 모든 국민이 지금의 상황을 부정해야 살아남을 수 있기 때문이다.

"현재, 각국 정부와 선수협회에서 IOC를 향해 올림픽 취소를 요청하고 있습니다. IOC 측에서 조급한 건 그런 이유 때문입니다."

"누가 죽는지 버텨봅시다. 어차피 칼자루는 우리가 쥐고 있으니까."

"하지만 총리님, 우리를 바라보는 세계 각국의 시선이 점점 차가워지고 있습니다. 이렇게 질질 끌다가는 대일본의 명예가 실추될까 두렵습니다."

"명분과 실리의 싸움이오. 그리고 우린 실리를 선택한 지 오래요. 지금 이 마당에 명분을 생각하면 죽도 밥도 되지 않는다는 걸 모르시오?"

"알지만……"

"후생성장!"

마사토가 입술을 깨물며 말을 이으려 하자 총리의 시선이 그를 비켜 후생성장에게로 향했다.

"지금 상황은 어떻소?"

"이미 도쿄는 꽤 심각한 상황입니다. 이대로 아무런 조치를 하지 않으면 커다란 문제에 직면할 수 있습니다. 도쿄만 그런 게 아닙니다. 전국 대도시에 바이러스 환자들이 속출하는 중입니다. 이렇게 방치했다가는 유럽이나 미국처럼 될 수 있습니다."

"음… 조금만 더 버텨봅시다. 이제 거의 다 왔으니. 올림픽 위원장!"

"예, 총리님."

"앞으로 IOC와의 연락을 끊고 우린 끝까지 올림픽을 추진한다는 성명을 다시 내시오. 이건 승부요. 누구 배짱이 더 큰가 시험해 봅시다."

"알겠습니다."

총리의 지시에 올림픽 위원장을 비롯해서 전 각료가 머리를 숙였다.

하지만 그들은 가슴에 들어 있는 돌덩이가 너무 커서 숨을 쉬기 어려웠다.

총리의 뜻이 뭔지 알고 있으나 국민들의 고통이 점점 커져가는 지금, 이 선택이 올바른 것인지 확신할 수 없었기 때문이었다.

『전설의 투자가』 8권에 계속…